KB098203

조선의 형사들

사라진 기와

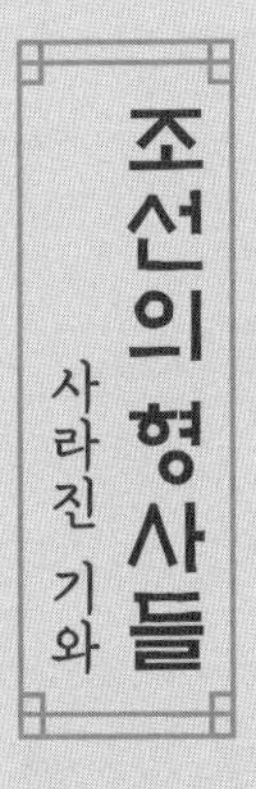

정명섭 장편소설

MONGSIL BOOKS

차 례

사라진 기와

한밤중의 한양은 고요했다. 그 고요함을 뚫고 바퀴가 달린 가마인 초헌이 움직였다. 한참을 가던 초헌이 멈춘 곳은 장통교였다. 장통교에는 이미 다른 초헌 하나가 서 있었다. 두 개의 초헌이 마주서자 먼저 와 있던 초헌에 앉아있던 사내가 말했다.

"도둑도 아니고 이렇게 만나야 할 이유가 뭔지 모르겠소. 우포도대장."

그러자 우포도대장이라고 불린 사내가 깊이 한숨을 쉬었다.

"낸들 이러고 싶겠소. 허나 이번 일을 잘못 처리하면 나나 좌포도대장 당신 목이 멀쩡할 거 같소?"

얘기를 들은 좌포도대장이 깊은 한숨을 쉬었다.

"하필이면 내가 있는 동안 이런 일이 벌어질 줄은 몰랐소."

"우포청과 좌포청이 생긴 이래, 양쪽이 사이가 좋았던 적은 없었소. 하지만 이번 일 만큼은 서로 손을 잡아야지 살 방도가 생기는 거요."

뒤늦게 도착한 우포도대장의 말에 좌포도대장이 몸을 기울이면서 물었다.

"좋은 방도가 있습니까?"

"일단 사람을 많이 풀면 입단속이 어려워집니다. 그러니 입이 무겁고 솜씨가 좋은 군관을 하나씩 뽑아서 일을 맡기는 게 어떻겠소?"

우포도대장의 제안에 잠시 고민하던 좌포도대장이 고개를 끄덕거렸다.

"우리 목을 지키려면 그 방법 밖에는 없겠소."

"좌포청에 적당한 사람이 있소?"

"한 명이 있긴 하오. 말이 좀 많긴 하지만 솜씨 좋고 악착같은 인물이외다."

좌포도대장의 말에 우포도대장이 가볍게 웃었다.

"우리 쪽도 한 명 있소이다. 그자는 말이 없기로 소문이 났지요."

같은 시각, 한양 안에서 기방이 많기로 이름난 벽장동 역시 어둠에 잠겨있었다. 움직이기 편한 중치막에 흑립을 쓴 그는 골목길에 서서 길가를 바라봤다. 어둠을 더듬던 그의 눈이 길 위를 걷는 그림자를 살폈다. 그림자의 주인은 미행을 눈치 채지 못했는지 팔자걸음으로 태평하게 걸어가는 중이었다. 그는 뒤따르던 포졸들을 돌아보며 손으로 흑립의 왼쪽을 살짝 쳤다. 아직 잡지 말라는 신호였다.

"조금만 기다려라."

기방들이 많은 벽장동에는 내놓으라하는 양반집 자제들이 드나들었다. 그들은 집 한 채 값으로 기녀들과 하룻밤을 보냈고, 진귀한 음식으로 배를 채웠다. 그러자 이들의 주머니를 노리는 무뢰배들이 모여들면서 온갖 사건사고들이 일어났다. 몇 달 전부터 술에 취한 양반집 자제들을 때려눕히고 돈을 갈취하는 사건이 벌어졌다. 무뢰배들 입장에서는 한 명만 제대로 털면 몇 달을 놀고먹을 수 있는 돈이 생기는 일이었다.

거기다 당하는 쪽에서는 창피해서 포도청에 신고도 하지 못했다. 대신 그들의 아버지가 포도대장을 만나 은밀히 청을 넣었다. 그는 멀어져가는 그림자를 바라보면서 중얼거렸다.

"덕분에 한 달 넘게 기녀들의 분 냄새와 웃음소리를 들으면서 벽장동의 골목을 누벼야 했지."

그러다가 드디어 꼬리를 잡았다. 용의자 중 한 명인 사마귀가 노름판에 나타난다는 얘기를 들은 것이다. 믿을만한 포졸들을 거느리고 은밀히 뒤를 밟았다. 한참을 걷던 용의자는 돌연 골목길 사이로 사라져버렸다. 혀를 찬 그는 포졸들에게 빨리 가자는 뜻의 은어를 외쳤다.

"한발 더 가자."

그러자 포졸들이 우르르 몰려나갔다. 그도 중치막의 소매 속에 넣은 쇠도리깨를 꺼내들고는 그들을 뒤따라갔다. 용의자가 사라진 좁은 골목은 인적이 끊겼다. 포졸들에게 조용하라는 손짓을 하고는 가만히 귀를 기울였다. 신경을 집중하자 고요함 속에서 말소리가 들려왔다.

"저쪽이다."

그는 소리가 들린 곳으로 걸어갔다. 다른 민가들과는 달리 사람 키 높이까지 싸리담장을 높였고, 대문도 안쪽에 빗장을 채운 것 같았다. 싸리담장 사이로 안쪽을 살피자 불이 환하게 켜진 방 안에서 거친 목소리들이 들려왔다.

"넷에서 다섯 정도 된다. 딴 놈은 몰라도 왼쪽 눈 위에 사마귀가 있는 놈은 놓치면 안 된다."

포졸들에게 단단히 주의를 준 그는 흩어지라는 눈짓을 했다. 그러자 둘씩 짝지은 포졸들이 집을 둘러쌌다. 소매에서 꺼낸 쇠도리깨를 높이 치켜든 그는 문짝을 내리쳤다. 퍽 하는 소리와 함께 빗장이 힘없이 부러져나갔다. 대문을 발로 걷어차고 안으로 들어간 그는 호기롭게 외쳤다.

"좌포청 군관 이종원이다! 귀가 있는 자라면 좌포청의 호랑이라는 내 별명을 익히 들어 알고 있을 것이다."

불이 켜진 방안에서는 별다른 기척이 없었다. 겁을 먹고 바짝 엎드려 있을 것이라고 생각한 그는 크게 외쳤다.

"얌전히 나와서 오라를 받으면…."

그때 담벼락 뒤에서 포졸의 외침이 들렸다.

"놈들이 도망칩니다."

놀란 그는 방문을 열어젖혔다.

"아차!"

방금 전까지 투전을 한 흔적이 남아있는 방안은 텅 비어 있었다. 대신 뒤쪽의 문이 활짝 열려있었다. 혀를 찬 그는 쇠도리깨를 휘두르며 문을 박차고 나갔다. 맨상투 차림의 노름꾼이 싸리담장을 넘어가려는 게 보였다.

"어딜!"

이종원은 쇠도리깨로 노름꾼의 허벅지를 내리쳤다. 비명을 지른 노름꾼이 바닥으로 떨어졌다. 쓰러진 노름꾼의 어깨를 밟고 담장을 훌쩍 넘은 이종원은 포졸들과 우격다짐을 하는 노름꾼들의 어깨에 쇠도리깨를 하나씩 먹였다. 쓰러진 노름꾼들은 모두 세 명이니까 담장 안에 쓰러진 놈까지 모두 넷이었다. 그는 어깨를 감싸 쥐고 뒹굴고 있는 노름꾼을 내려다보면서 중얼거렸다.

"아까 댓돌에 있던 짚신이 넷이었지? 그런데 방 안의 개다리소반에 놓인 술잔은 모두 여섯이었어."

두 놈이 없었다. 거기다 쓰러진 노름꾼들 중에는 사마귀가 보이지 않았다. 그때 건너편 담장에서 포졸의 외침이 들렸다.

"이쪽입니다!"

이종원이 바람처럼 달려갔을 때는 얼굴을 감싼 포졸 혼자 나뒹굴고 있었다.

"곰 같은 놈이 박치기를 하고 딴 놈이랑 같이 저쪽으로 튀었습니다."

속으로 욕설을 퍼부은 이종원은 쓰러진 포졸이 가리킨 방향으로 뛰었다. 세상이 온통 어둠뿐이라 방향조차 잡기 어려웠다. 하지만 좌포청 최고의 군관을 자처하는 그에게는 별다른 장애가 되지 않았다.

"큰 길은 물론 샛길도 다 꿰고 있지."

철물교 쪽으로 달아나는 그림자들을 본 이종원은 숨을 고른 후 샛길로 들어갔다. 샛길을 빠르게 달려서 철물교 앞에 도착한 그는 쇠도리깨를 움켜쥔 채 허겁지겁 뛰어올 두 놈을 기다렸다.

"감히 좌포청 최고의 군관 손을 벗어날 수 있다고 생각한 모양이지."

하지만 아무리 기다려도 모습을 보이지 않자 슬슬 불안해졌다. 바짝 마른 입술을 혀로 축이는데 귀에 미세한 소리가 들려왔다. 왼쪽 기와집 방향이었다. 쇠도리깨를 짧게 움켜쥔 그가 그쪽으로 조심스럽게 다가갔다. 그러자 작게 들리던 소리가 완전히 사라졌다. 당황한 이종원은 기와집 사이의 골목길로 조심스럽게 발길을 내디뎠다.

그 순간, 어둠 속에서 뭔가가 불쑥 튀어나오더니 그대로 머리를 받아버렸다. 보신각종을 때리는 당목에 맞은 것 같은 충격에 그대로 나뒹굴고 말았다. 겨우 충격에서 벗어난 이종원은 오기가 치밀어 올랐다.

"너! 꼭 붙잡고 말거야!"

이종원의 외침을 깔끔하게 무시한 두 놈은 철물교 너머로 사라졌다. 몸을 일으킨 그는 곧장 뒤를 쫓았다. 아까처럼 샛길로 가는 것 없이 무조건 뒤를 쫓았다. 하지만 아무리 쫓아도 거리가 줄지 않았다. 보통 쫓기는 쪽은 양 갈래 길에서 우왕좌왕하기 마련이었다. 하지만 이놈들은 한양 지리를 손바닥처럼 들여다보는지 요리조리 잘만 빠져나갔다. 점점 숨이 차오르던 그가 포기할까 생각하는 찰나, 앞쪽에서 도망치던 사마귀의 다리가 풀려서 주저앉은 게 보였다.

"옳거니!"

마지막 힘을 쥐어 짠 그는 단숨에 거리를 좁혔다. 그러자 쓰러진 사마귀를 일으켜 세우려던 덩치 큰 놈이 포기를 하고, 대신 그의 앞을 막아섰다.

"오호라! 네 놈이 감히 막아서겠다 이 말이지!"

우락부락한 덩치를 자랑하던 덩치 큰 놈은 대답 대신 소매에서 몽둥이를 꺼냈다.

"한판 붙자는 거냐!"

"거, 아까부터 떠들던데 입 안 아파?"

덩치의 이죽거림에 이종원은 화가 머리끝까지 치밀어 올랐다. 그대로 몸을 날려서 덩치의 머리를 노렸다. 하지만 덩치는 커다란 덩치에 어울리지 않게 몸이 날랬다. 소매에서 꺼낸 몽둥이로 이종원의 쇠도리깨를 막은 다음 머리를 겨냥해서 휘둘렀다. 고개를 숙여서 간신히 공격을 피한 그는 숨을 골랐다.

만만치 않은 상대를 만난 것 같았다. 보통 범죄자들은 군관과 마주치면 솥으로 들어가는 강아지마냥 꼬리를 말기 일쑤였다. 하지만 덩치는 조금의 흔들림이나 미동도 없었다. 그 사이, 기운을 차린 사마귀가 빠져나갈 구멍을 찾는 게 보였다.

"너! 물어볼게 있으니까 꼼짝 말고 있어!"

"아이고, 난 아무것도 몰라요. 모른다고요."

겁에 질린 사마귀가 손사래를 쳤다. 그러면서 슬금슬금 도망칠 기미를 보였다. 이렇게 되면 최후의 수단을 쓰는 수밖에는 없었다. 들고 있던 쇠도리깨를 느슨하게 내린 그가 매서운 눈으로 쏘아봤다. 그러자 바짝 긴장한 덩치가 한걸음 뒤로 물러났다. 이종원은 마침내 필살기를 꺼내들었다.

"이봐! 나는 너한테는 관심이 없어. 저놈만 잡으면 되니까 곱게 물러나. 그럼 쫓지 않겠다."

무뢰배들은 의리와 우정을 헌신짝처럼 여겼다. 그걸 잘 알고 있던 이종원이 종종 써 먹는 방법이었다. 하지만 이 필살기도 먹히지 않았다. 벌벌 떨던 사마귀가 둘이 대치하던 틈을 타서 도망치려고 했다. 그런데 덩치가 사마귀의 앞을 막아섰다. 어떻게 돌아가는 상황인지 궁금했지만 덩치를 쓰러뜨리려면 이 기회 밖에는 없었다.

"비공술!"

이종원은 자신의 특기인 제자리에서 가장 멀리 뛰는 솜씨를 발휘했다. 덩치 앞에 사뿐히 내려앉아서 쇠도리깨로 사뿐하게 어깨를 내리쳤다. 보통 어깻죽지에 한 방 맞으면 비명을 지르고 주저앉기 일쑤였다. 하지만 쇠도리깨는 허공을 긁고 말았다.

"어?"

뭔가 잘못되었다고 느낄 찰나, 비공술을 쓰지도 않았는데 몸이 허공으로 떴다. 몸을 숙여서 쇠도리깨를 피한 덩치가 그대로 몸통으로 들이받은 것이다. 철물교의 난간까지 단숨에 떠밀려 간 그는 허리가 뒤로 휘익 꺾이는 걸 느꼈다. 별이 총총 빛나는 하늘 대신 시커먼 청계천의 물이 보였다. 마지막 순간, 이종원은 덩치의 허리춤을 잡아챘다. 균형을 잃은 두 사람은 그대로 철물교 아래로 떨어졌다.

그는 차가운 물속으로 떨어질 각오를 했지만 대신 우지끈 하는 소리와 함께 비명소리가 들렸다. 다리 아래 거지들이 만든 움막 위로 떨어진 것이다. 썩은 지푸라기와 깨진 바가지가 나뒹굴고 놀란 거지들이 우왕좌왕했다.

"이놈!"

그 와중에 쇠도리깨를 놓친 이종원은 손에 잡힌 바가지를 들고 덩치의 머리를 내리쳤다. 하지만 바가지만 산산조각내고 말았다. 남은 바가지를 버린 그는 두 손을 펼치면서 말했다.

"너! 가만 안 놔둔다!"

"거참, 말 한번 많네."

머리에 묻은 지푸라기를 털어낸 덩치가 가소롭다는 듯 말했다. 어둠 속인데도 눈빛이 장난 아니게 번쩍거렸다. 그때 다리 위에서 포졸들의 목소리가 들렸다.

"군관 나리!"

천군만마를 얻은 기분이 든 그는 방방 뛰면서 외쳤다.

"뭣들 하느냐! 저놈을 잡아!"

"예이!"

명령을 받은 포졸들은 다리 위에서 몸을 날렸지만 덩치는 어렵지 않게 날아드는 포졸들을 피하거나 잡아다가 물속에 내동댕이쳤다. 안 되겠다 싶어진 이종원은 바닥의 돌을 집어 들고 냅다 달려들었다. 보금자리가 부서져버린 거지들이 지켜보는 가운데 이종원과 포졸들은 덩치와 난투극을 벌였다.

장죽에 불을 붙인 좌우포도대장들은 사이좋게 연기를 내뿜었다. 자신의 제안이 받아들여진 것에 흡족해진 우포도대장이 말했다.

"그럼 내일부터 일을 시작합시다."

"우리 쪽 군관이 내일 나올까 모르겠소이다."

"왜요? 자리에 없는 것이오?"

우포도대장의 물음에 좌포도대장이 얼굴을 살짝 찌푸렸다.

"그게 아니라, 벽장동에서 일어난 사건을 해결하라고 내보내서 말입니다. 그자는 일이 해결될 때 까지는 포청에 나오지 않소이다."

"그래요? 우리 쪽 군관도 지금 벽장동에 있는데 말입니다."

"기막힌 우연이군요. 아무튼 그자가 오는 대로 연락을 하겠습니다."

“그러시지요.”

짧게 대답한 우포도대장이 장죽을 입에 물고 담배를 깊이 빨아들였다.

오른쪽 눈가에 커다란 멍이 든 이종원은 고개를 들지 못했다. 뒤에는 팔다리가 부러지거나 머리가 깨진 포졸들이 신음소리를 냈다. 그 광경을 본 좌포도대장이 혀를 찼다.

“범인을 잡으라고 보냈더니 반병신이 돼서 돌아와?”

“면목이 없습니다. 노름판을 덮쳤는데 무뢰배 수십 명이 떼거지로 나타나는 바람에 당하고 말았습니다.”

그가 돌아보자 미리 말을 맞춘 포졸들이 하나같이 고개를 끄덕거렸다.

“시끄럽다. 벽장동 건은 일단 뒤로 미룬다.”

“네? 그놈, 아니 그놈들을 잡아야 하지 않겠습니까?”

“더 중요한 일이 생겼어.”

눈살을 찌푸린 좌포도대장이 뒤에 있던 포졸들에게 말했다.

“너희들은 물러가거라.”

포졸들이 서로 부축을 해가면서 밖으로 나갔다. 여닫이문이 닫히는 걸 본 좌포도대장이 말했다.

“좀 있다 우포청에서 누가 올 것이다.”

"그놈들이 여길 왜 옵니까?"

"어허! 지금 한가롭게 그럴 때가 아니다. 우포청과 함께 손을 잡고 해결해야 할 사건이 벌어졌다."

"우포청과 손을 잡는다고요? 어떤 놈이 대궐에 들어가서 옥새라도 훔쳤답니까?"

이종원의 물음에 좌포도대장이 심각한 표정으로 말했다.

"사라진 건 기와다."

"네?"

얼토당토않은 얘기에 이종원이 반문했다. 그러자 좌포도대장이 심각한 표정으로 덧붙였다.

"며칠 전에 의열궁의 기와가 없어졌다."

"네? 의열궁이라면…."

놀란 이종원이 입을 벌리자 좌포도대장이 얼굴을 찌푸렸다.

"쉿! 조용히 하여라."

얘기를 들은 그는 안절부절 못했다.

"영빈마마의 위패를 모신 사당이 아닙니까?"

영빈마마는 임금의 할머니이자 뒤주에 갇혀 죽은, 임금의 아버지인 사도세자의 어머니이기도 했다. 한양 사람 중에 임금의 지극한 효심을 모르는 사람은 없었다. 차라리 궁궐의 재물이 없어진 사건이 백배 나았다.

“주상전하께서 이 사실을 아시게 되면 단순 파직으로 끝나지는 않을 게다.”

“그, 그렇겠지요?”

“관할 문제 가지고 다툴 상황이 아니니다. 그러니 우포청이 보낸 군관과 함께 사라진 기와를 찾아야 한다.”

이종원이 고개를 끄덕거렸다. 그러자 한숨을 돌린 좌포도대장이 말했다.

“미리 말해두지만 어쩔 수 없이 손을 잡는 것뿐이다. 기회가 올 때 물을 먹이고 공을 가져와야 한다.”

“알겠습니다.”

“그리고 기 싸움에서 절대 밀리면 안 된다.”

“그런데 우포청에서는 누가 온답니까?”

좌포도대장이 대답을 하려는 찰나, 여닫이문이 벌컥 열렸다. 무심코 고개를 돌린 그는 화들짝 놀라고 말았다.

“너!”

상대방도 놀라기는 마찬가지였는지 벌린 입을 다물지 못했다. 황급히 쇠도리깨를 움켜쥔 이종원이 외쳤다.

“여기가 어디라고 나타났느냐!”

포졸들과 합세해 덤볐다가 죽지 않을 만큼 두들겨 맞았던 이종원은 이를 갈았다.

“멈춰라!”

의자에서 벌떡 일어난 좌포도대장의 말에 이종원은 움찔했다. 그러고 보니 옷차림이 이상했다.

"철릭에 전립?"

어제 저녁 철물교 아래에서 그를 개처럼 두들겨 팼던 덩치는 조용히 문을 닫고 들어왔다. 그리고 좌포도대장에게 고개를 숙였다.

"처음 뵙겠습니다. 우포청 군관 육중창이라고 합니다."

얘기를 들은 이종원은 입이 딱 벌어졌다. 인사를 받은 좌포도대장이 넌지시 물었다.

"이 군관과 안면이 있는가?"

그러자 육중창은 전립을 쓴 뒷머리를 슬쩍 만지면서 대답했다.

"오다가다 만났습니다."

오다가다 라니, 그게 말이 되는 소리냐는 얘기가 목구멍까지 치솟았다가 가라앉았다. 다행이 어제 무슨 일이 벌어졌는지 눈치 채지 못한 좌포도대장이 말했다.

"자세한 건 육 군관이 알고 있으니 차차 설명을 들어라. 그리고 거듭 얘기하지만 빠른 시일 내에 범인을 잡고, 기와를 되찾아야만 한다. 만약 그렇지 못하면…."

좌포도대장이 수염을 매만지면서 말했다.

"좌, 우포청이 쑥대밭이 되는 건 시간문제다."

일단 둘이 담배를 피우기로 하고 햇빛이 잘 드는 뒷마당으로 갔다. 처마 아래 쪼그리고 앉아서 곰방대를 문 이종원이 물었다.

"어제 거기서 뭐하고 있었던 게요?"

"포도대장의 특명을 받고 잠입수사 중이었소."

"잠입수사? 벽장동은 엄연히 우리 좌포청 관할이외다."

발끈한 이종원이 벌떡 일어나면서 쏘아붙였다.

"거기다 관할을 넘어오면 알려주기로 포청끼리 서로 약조하지 않았소?"

화를 내면 낼수록 어제 맞은 눈두덩이가 아파져 왔다. 이종원이 한참 따지자 육중창이 대답했다.

"포도대장께서 은밀히 조사하라고 하셔서 어쩔 수 없었소이다. 덕분에 다 잡은 고기를 놓쳤고 말이요."

"다 잡은 고기라니? 내가 그 사마귀를 며칠 동안 쫓아다녔는지 알아?"

"사마귀는 잔챙이에 불과하오. 그자에게 장물을 가져다주는 놈들이 진짜 범인들이지."

"그래서 그놈을 몰래 빼돌린 거요?"

"어제 얘기가 잘 되면 장물을 가져다주는 놈들을 소개받기로 했었소. 그러던 차에 좌포청 나부랭이, 아니 당신들이 들이닥친 것이고 말이오."

필사적으로 사마귀를 도망시키려고 했던 이유를 알 것 같았다. 어쨌든 좌포청에 공을 넘겨주고 싶지는 않았을 것이니 말이다. 담배 연기를 길게 내뿜은 그가 이종원을 돌아봤다.

"눈은 괜찮소?"

걱정하는 것보다는 조롱한다는 느낌이 든 이종원은 발끈했다.

"돌에 찍힌 뒤통수는 어떻소?"

"혹이 좀 났지만 견딜 만 하오."

"운이 좋은 줄 아쇼. 내가 맘먹고 내리쳤으면 당신은 병풍 뒤에서 향냄새 맡고 있었을 거요."

"내가 제대로 힘을 썼으면 눈가에 멍드는 걸로 끝나지 않았다는 거 잊지 마시구려."

가당찮다는 상대방의 말에 이종원이 으름장을 놨다.

"내가 누군지 알아?"

"자칭 좌포청 최고의 군관. 사실은 좌포청 최고의 떠벌이. 좌포도대장의 외 조카이자 무과에 턱걸이로 급제해서 오랫동안 한량으로 지내다가…."

"그만."

이종원은 손사래를 치면서 말했다. 이러다가는 포청의 다모를 좋아한다는 얘기까지 나올 것 같았다. 그러나 육중창은 아랑곳하지 않고 말을 이어갔다.

“좌포청 군관에 임명. 좌포청 최고의 다모 애련이와 염문설이 나도는 중.”

다급하게 주변을 돌아봤지만 다행히 삼촌이나 입살스러운 황우혁 종사관은 보이지 않았다. 그는 말이 통하지 않는 답답한 상대방을 구슬리기로 했다.

“시간이 없으니 일단 나가서 얘기합시다.”

다행히 육중창이 곰방대의 담뱃재를 털고 일어나면서 위기는 일단락되었다. 지나가는 포졸들의 인사를 받으며 좌포청 밖으로 나온 이종원이 뒤따라 나온 그에게 물었다.

“자세한 얘기는 당신에게 들으라는 얘기가 있었소.”

“현장으로 가면서 얘기합시다.”

느긋하게 말한 육중창이 뒷짐을 진 채 걸어갔다. 길가의 행인들이 포도청 군관 차림의 두 사람을 보고는 슬금슬금 피했다. 앞장서 걷던 육중창이 설명을 시작했다.

“사흘 전에 의열궁을 지키던 내시 조한길의 노비 복이가 우포청으로 왔었소.”

“기와가 사라졌다고 고한 것이오?”

“발칵 뒤집혀지고 말았다오.”

“언제 없어졌답니까?”

“그게….”

버릇인지 뒤통수를 긁적거린 육중창이 대답했다.

"가보면 알겠지만 산등성이쪽이라 발길이 뜸한 곳이외다."

"어떤 놈인지 작정하고 빼돌렸을 수도 있다 이 말이로군."

"우포도대장 나리께서 이 일을 엄중하게 여기고 있소. 그러니 어제 일은 잊어버리고 힘을 합칩시다."

생긴 것과는 달리 제법 설득력 있게 말한다는 생각에 이종원은 알겠다고 대답했다. 그렇게 얘기를 주고받는 사이 의열궁이 있는 옥인동 계곡에 접어들었다. 한양 안에서 경치가 좋기로 손꼽히는 곳이라 양반부터 중인들까지 시회를 자주 여는 곳이었다. 인왕산에서 흘러내리는 시원한 계곡물을 보니 발을 담그고 싶다는 생각이 들었다. 하지만 육중창은 무더운 날씨에는 아랑곳하지 않고 앞장서 걸었다.

의열궁은 옥인동 계곡 중턱에 자리 잡았다. 발아래에는 임진왜란 이후 버려진 경복궁의 모습이 보였다. 현판이 걸린 정문 옆에는 말에서 내리라는 하마비가 세워져 있었다. 그걸 본 이종원은 망건에 묻어난 땀을 훔치면서 투덜거렸다.

"이 산골까지 말을 타고 올 사람이 어디 있다고…."

정문 앞에는 스무 살이 안 돼 보이는 사내종이 빗질을 하는 중이었다. 두 사람의 모습을 본 사내종이 다가와 물었다.

"포청에서 오셨습니까?"

헛기침을 한 이종원이 말했다.

"기와 때문에 왔다. 여기 사당을 맡은 내시가 누구냐?"

"조한길 어르신입니다. 지금 제향당에 계십니다."

"네가 복이로구나? 얼른 불러오너라."

"맞습니다요. 잠시만 기다려주십시오."

빗자루를 내려놓은 복이가 사당 안쪽으로 들어갔다. 그 사이 육중창이 나머지 얘기를 들려줬다.

"사라진 것은 뒤쪽 담장의 기와 육십 장 정도요."

"거참, 무겁고 돈도 안 되는 걸 훔쳐서 뭘 하자는 건지 모르겠네."

덕분에 꼴 보기 싫은 우포청의 군관과 함께 돌아다녀야만 했다. 거기다 만약 범인을 못 잡으면 외삼촌인 좌포도대장과 함께 포도청에서 쫓겨나는 신세가 될 게 뻔했다. 치솟아 오르는 짜증을 애써 억누르는데 멀리서 의열궁을 관리하는 내시가 걸어오는 게 보였다. 대개 신임을 잃은 내시들이 대궐 밖의 사당을 관리한다. 다가오는 조한길은 그런 선입견이 실제로 사실이라는 것을 증명시켜주는 모습이었다. 쥐새끼처럼 생긴 얼굴에 살이 뒤룩뒤룩 찐 몸은 발걸음을 옮길 때마다 뒤뚱거렸다. 복이를 따라 두 사람 앞에 선 조한길이 짜증을 냈다.

"신고를 한 게 언젠데 이제야 나타나는 게요? 애가 타서 죽는 꼴을 보자는 겁니까?"

감히 내시 주제에 짜증을 낸다고 화를 내려는데 육중창이 선수를 쳤다.

"좌우포청이 협의할 일이 있어서 늦었습니다. 어서 현장으로 안내해주시지요."

곰처럼 말이 없는 줄 알았는데 의외로 능글맞은 면이 있었다. 육중창의 얘기를 들은 조한길은 구시렁거리면서 앞장섰다. 제사 준비를 하는 제향당과 사당을 지나 뒤쪽으로 가자 거적을 씌운 담장이 보였다. 앞장서 달려간 복이가 주변을 살피더니 거적을 벗겨냈다.

"맙소사."

담장 중간에 기와 수십 장이 사라진 게 보였다. 현장을 본 이종원은 저도 모르게 깊은 한숨을 쉬었다. 앞장서서 현장을 안내한 조한길이 이마의 땀을 훔치면서 말했다.

"살다 살다 이런 일은 처음이외다."

이종원은 말없이 육중창의 얼굴을 바라봤다. 두 사람 역시 이런 황당한 사건을 맞닥뜨린 건 처음이긴 마찬가지였다. 먼저 정신을 차린 건 이종원이었다.

"기와가 사라진 건 언제 알았습니까?"

질문을 받은 조한길은 손가락을 접으면서 곰곰이 생각하다가 대답했다.

"확실히 기억하고 있는 건 없어지기 나흘 전까지는 멀쩡했다는 거요."

"그럼 기와가 사라진 것은 넉넉잡고 닷새 전이라는 얘기군요."

"보시다시피 산자락에 있는데다가 사당 뒤편이라 자주 오는 곳이 아니외다."

조한길의 말은 사실이었다. 그가 조한길에게 질문을 던진 사이 육중창은 기와가 사라진 담장을 살폈다. 손가락으로 담장의 흙을 찍어서 살피던 육중창이 물었다.

"처음 발견한 게 복이라고 했는데 맞습니까?"

"그렇소. 아침에 청소를 하러 갔다가 이 광경을 보고 내게 알렸소이다."

"이 사실을 아는 사람은 모두 몇 명입니까?"

"나와 복이. 그리고 궁을 관리하는 또 다른 내시인 김석순과 그가 부리는 노비 산이와 개비쇠가 알고 있소."

얘기를 들은 육중창이 재차 물었다.

"그들이 이 궁을 지키는 사람들 전부인가요?"

"평소에는 내시 둘에 아랫것들 서넛이 있다가 제사 때가 되면 궁에서 사람이 나옵니다."

"보통 때는 한적하겠네요."

"아무래도 그렇죠."

두 사람이 얘기를 주고받는 사이 이종원은 담장을 살폈다. 원래 기와를 붙이기 위해서는 석회를 섞은 흙을 발랐다. 세

월이 지나면 기와 아래 흙들이 바짝 마르면서 떨어져나갔다. 그의 생각을 증명이라도 하듯 담장 안팎으로는 마른 흙이 흩어져있었다. 담장에 남은 기와를 살피던 이종원이 조한길에게 물었다.

"보통 기와와는 다르게 생겼네요."

"궁가의 물건이니 당연하지요. 여기에 쓰인 기와는 모두 궁궐에서 쓰는 것과 같은 걸 씁니다."

자부심이 철철 넘치는 말투였다. 남아있는 기와의 두께와 넓이를 눈짐작으로 살펴보던 이종원에게 육중창이 다가왔다. 헛기침을 한 그가 물었다.

"몇 명이었을까?"

"내기 할까?"

육중창의 대답에 이종원은 피식 웃었지만 속으로는 긴장했다. 기 싸움에서 밀리지 말라는 외삼촌, 아니 좌포도대장의 엄명이 떠올랐기 때문이었다. 재빨리 머리를 굴린 이종원이 대답했다.

"네 명."

"왜?"

육중창의 물음에 이종원은 기와가 사라진 담장을 바라보면서 얘기했다.

"사라진 기와들은 보통 기와들보다 두껍고 무거워. 한 사람이 고작해야 열다섯 장 정도가 한계야."

"난 두 명."

"두 명 가지고는 턱도 없다니까."

"지게가 있잖아."

육중창의 대답에 이종원은 속으로 아차, 싶었지만 이제 와서 물러날 수는 없었다.

"감시해야 할 사람은 생각 안 해?"

"사람이 많아질수록 눈이랑 입이 늘어나잖아."

듣고 보니 더 그럴듯했지만 애써 태연한 척 했다.

"그래도 둘은 너무 적어."

"그럼 범인 숫자를 맞춘 쪽이 잡은 것으로 하는 건 어때?"

"좋아. 해보자고."

속으로는 '내기를 걸게 따로 있지'라는 욕이 나왔지만 꾹 참았다. 살 떨리는 내기를 걸고 조사에 들어갔다. 좌포청과 우포청은 사이는 안 좋았지만 범인을 찾는 방식은 비슷했다. 일단 목격자를 비롯한 관련자들을 몽땅 조사할 것. 그것도 따로 불러서 말이다.

첫 번째 조사 대상자는 기와가 사라진 것을 제일 처음 목격하고 우포청에 신고한 조한길의 사내종인 복이였다. 눈칫밥을 먹고 사는 종이라 그런지 눈알을 굴리는 폼이 심상치 않았다. 번갈아가면서 심문하기로 약조했기 때문에 이종원이 먼저 나섰다.

“기와가 사라진 걸 발견한 게 언제였느냐?”

“나흘 전입니다. 새벽에 발견을 하고 곧장 주인 나리께 알렸습니다.”

“새벽에 그곳에 간 이유는 무엇이냐?”

주인인 조한길에게 미리 듣긴 했지만 확인 차 던진 질문이었다.

“사나흘에 한 번씩 청소를 하러 갑니다.”

“마지막으로 기와를 본 건?”

“엿새 전에 청소를 하러 갔을 때 멀쩡했던 것을 본 기억이 납니다.”

“그 사이에 주변에서 이상한 자를 본 적이 있느냐?”

잠시 고민하던 복이가 고개를 가로저었다.

“평소에도 인적이 드문 곳인데다가 사당 근처라서 더더욱 얼씬거리지 않습니다.”

하긴, 하마비가 있는 사당 근처에 얼씬거릴 이유가 없었다. 궁궐처럼 훔쳐갈 귀중품이 있는 것도 아니라는 생각을 하며 질문을 이어갔다.

“기와가 사라진 걸 발견한 다음에 어떻게 했느냐?”

“어떻게 하긴요. 주인어른께 곧장 고했습니다.”

“그리고 바로 우포청으로 가서 신고를 했고?”

"얘기를 들은 주인어른께서 간찰을 한 장 써서 포도대장께 바치라고 하셨습니다."

특별히 이상한 점은 눈에 띄지 않았다. 몇 가지를 더 물어보고 복이를 돌려보내자 곰방대를 물고 곁에서 지켜보던 육중창이 한 마디 했다.

"어때?"

"별로 수상해 보이지는 않네."

"그래?"

뭔가를 알고 있는 것 같은 눈치였지만 자존심 때문에 차마 묻지 못했다. 다음에 만난 것은 복이의 주인이자 의열궁을 관리하는 내시 조한길이었다. 뒷짐을 지고 나타난 조한길에게는 육중창이 질문했다.

"기와가 없어졌다는 얘기를 듣고 어찌하셨습니까?"

"믿겨지지 않아서 직접 가봤소이다. 그 얘기가 사실이라는 것을 알고 나서 일단 거적으로 덮어서 보이지 않게 하라고 하였소."

"그 다음에 우포청으로 복이를 보내셨죠?"

"그렇소. 말로 전달하면 소문이 날까봐 간찰을 써 주었네."

식은땀이 흐르는지 반들반들한 턱을 손등으로 훔친 조한길이 덧붙였다.

"주상 전하의 효심은 천하가 다 알고 있네. 그러니 하루빨리 기와를 찾아야하네."

자기들이 잃어버려놓고는 포도청에 덮어씌웠다는 얘기가 목구멍까지 치솟았다. 하지만 미련곰탱이 같은 육중창은 질문을 이어갔다.

"주변에 기와를 노리거나 수상쩍은 사람을 본 적 있습니까?"

"저 아래 다정동에 무뢰배들이 돌아다니기는 하지만 여기까지 올라오지는 않네."

"하긴, 누울 자리를 보고 발을 뻗어야죠."

맥 빠진 질문들이 몇 번 오고 갔지만 더 이상 단서는 나오지 않았다. 그 다음으로는 의열궁을 관리하는 또 다른 내시 김석순과 그가 부리는 사내종 산이와 개비쇠를 불렀다. 하지만 세 명은 아무것도 모른다는 말만 되풀이했다. 심문이 성과 없이 끝나자 짜증이 난 이종원이 인상을 썼다.

"죄다 포도청에 잡아들여다가 족치면 금방 불 텐데 말이야."

"이들 중에 범인이 있다고 믿는 건가?"

육중창의 물음에 그는 당연한 것 아니냐는 표정을 지었다.

"그럼 누가 이걸 훔칠 생각을 했겠어?"

사람들은 가지고 있다가 걸리면 처벌당한다는 걸 알면서도 궁궐의 물건들을 탐냈다. 도둑들도 위험하긴 했지만 다른 물건보다는 좀 더 비싼 값을 받을 수 있기 때문에 목숨을 걸고 도둑질을 했다. 도둑들은 대부분 궁궐에서 일했거나 이런저런 이유로 드나들었던 자들이 많았다. 이종원의 얘기를 들은 육중창이 어깨를 으쓱거렸다. 그런 육중창을 쏘아본 이종원이 말했다.

"다음에는 뭘 할 거야?"

"조사 다음에 할 일은 당연히 탐문이지."

"제법이군."

무뢰배는 글자 그대로 무뢰하다는 뜻을 가지고 있다. 예의범절도 모르고, 주먹만 믿고 까부는 작자들을 지칭한다. 이들은 어느 곳에나 있고, 아주 눈에 잘 띈다. 일단 협잡으로 먹고 살기 때문에 보통 사람들보다 눈빛이 탁하고, 늘 인상을 찡그렸다. 거기다 몸가짐이 일단 풀어져있었다. 일로 먹고 살지 않기 때문에 몸에 긴장이 풀어진 것이다.

"그래서 네가 무뢰배야. 알겠어?"

의열궁 아래 다정동으로 내려오자마자 길가에서 어슬렁대는 무뢰배를 붙잡은 이종원이 한 말이었다. 붙잡힌 무뢰배는 눈을 껌뻑거리면서 어찌할 바를 몰랐다. 이종원은 한껏 인상을 쓰면서 윽박질렀다.

"요 며칠 사이에 특이하게 생긴 기와 가지고 얼쩡대던 놈들 있었지?"

"네? 누구요?"

겁에 질린 무뢰배는 횡설수설했다. 그러자 몇 발자국 떨어진 곳에서 지켜보던 육중창이 끼어들었다.

"이 동네 무뢰배 두목이 누구야?"

"까, 까치 형님입니다."

"어디 있는데?"

"마을 뒤쪽 사당에 계십니다."

대답을 들은 육중창이 발걸음을 뗐다. 이러다가는 단서를 놓칠 것 같아서 붙잡았던 놈을 놔주고 얼른 따라붙었다.

"두목이랑 담판을 짓자 이건가?"

"사당에 있다고 한 걸 보니 이 마을도 무뢰배가 향도계를 장악하고 있는 게 틀림없어. 마을 대소사를 꿰뚫어보고 있을 테니 족쳐보면 뭐가 나오겠지."

"향도계라, 골치 아프겠군."

향도계는 마을 단위의 계 조직으로 원래는 장례를 치르기 위해 만들어졌다. 그러다가 무뢰배들이 하나둘씩 꼬여들면서 점차 범죄조직으로 변했다. 포도청에서는 이런 향도계들을 주시했지만 마을의 장례를 치를 때 필요했기 때문에 섣불리 손을 대지 못했다. 골목길을 가로질러 도착한 사당은 한낮임에도 으스스했다. 장례에 필요한 관과 제사용품을 보관하는 곳이라 그런 것 같았다. 사당 앞의 넓은 공터에 들어선 이종원이 투덜거렸다.

"음침하군."

주변을 두리번거리던 육중창이 사당 옆에 있는 움막 앞에서 소리쳤다.

"어이! 까치!"

우렁찬 그의 목소리에 나뭇가지에 앉아있던 새들이 날아가 버렸다. 잠시 후, 움막에서 무뢰배들이 하나둘씩 모습을 드러냈다. 그뿐만이 아니라 사당 뒤편에서도 뭔가를 손에 든 자들이 나타났다. 분위기가 심상치 않게 돌아가자 이종원이 외쳤다.

"좌포청 군관 이종원이다! 조사할게 있어서 왔으니 향도계 계주는 앞으로 나와라!"

두 사람을 포위한 향도계의 무뢰배들을 헤치고 복면을 쓴 사내가 나타났다. 두목인 까치 같았다.

"네 놈들이 포도청 군관이면 난 포도대장이다."

"어허! 감히 포도청 군관을 능멸하고 살아남기를 바라느냐!"

"한두 번은 몰라도 또 속여먹으려고?"

복면을 쓴 사내가 부하들에게 외쳤다.

"뭣들 하느냐! 어서 혼쭐을 내서 쫓아버려라."

까치의 말이 끝나기가 무섭게 부하들이 서서히 다가왔다. 두 사람은 자연스럽게 등을 맞댔다. 길거리에서 흔히 보는 무뢰배나 좀도둑과는 다르게 움직임들이 제법 날카로웠다. 빠져나갈 구석을 찾던 이종원에게 육중창이 말했다.

"반반씩 맡지."

"뭐라고?"

그의 물음이 끝나기도 전에 육중창이 뒤춤에서 육모 방망이를 꺼냈다.

"덤벼라! 본때를 보여주마!"

"이봐! 살살 구슬리기도 모자랄 판에 뭔 짓이야!"

다급하게 말렸지만 이미 늦고 말았다. 육중창은 괴성을 지르며 무뢰배들에게 돌진했다. 울상이 된 이종원도 소매에서 쇠도리깨를 꺼내 휘둘렀다.

"가까이 오지 마!"

그의 간절한 위협에도 불구하고 무뢰배들은 점점 거리를 좁혀왔다. 오른쪽에 서 있던 놈이 제일 먼저 덤벼들었다. 잽싸게 피한 그는 쇠도리깨로 상대방의 발등을 내리쳤다. 비명을 지른 녀석이 발등을 움켜쥔 채 데굴데굴 굴렀다. 기선을 제압한 이종원은 다른 놈들의 발등을 노렸다. 졸지에 토끼뜀을 하는 무뢰배들의 포위망이 느슨해졌다. 그 틈을 타서 도망치려고 했지만 앞을 가로막는 바람에 실패하고 말았다.

사당을 등진 채 버티던 그는 육중창의 모습을 보고 할 말을 잊었다. 그의 발길에 걷어차인 무뢰배는 허공에 붕 떴다가 나뒹굴었다. 몇 놈은 육모 방망이에 머리를 얻어맞고 뻗었다. 육중창의 괴력을 보고 넋을 잃은 무뢰배들에게 이종원이 말했다.

"봤지? 얼른 튀는 게 상책이란다."

자기들끼리 눈짓을 주고받던 무뢰배들은 쏜살같이 도망쳐버렸다. 부하들이 속수무책으로 당하는 걸 본 까치도 도망치려고 했지만 이종원이 한발 앞서서 앞을 가로막았다.

"어딜 가시려고?"

"비켜!"

까치는 품에서 꺼낸 단검을 휘두르면서 빠져나가려고 했다. 하지만 몇 발자국 떼기도 전에 육중창의 손에 뒷덜미를 잡혔다. 육중창은 버둥거리는 까치를 붙잡아서는 허공으로 번쩍 들어올렸다. 놀란 이종원이 외쳤다.

"이봐! 조심해!"

그의 말이 끝나기가 무섭게 육중창이 까치를 내던졌다. 움막에 떨어진 까치의 비명소리에 남은 무뢰배들이 허둥지둥 도망쳐버렸다. 죽은 사람처럼 눈을 까뒤집은 까치를 내려다본 이종원이 혀를 찼다.

"우포청은 사람을 이렇게 거칠게 다루나?"

"그런 좌포청은 입으로 범인을 잡나?"

씨근덕거리는 육중창의 얘기에 이종원이 콧방귀를 뀌었다.

"임금께서 죄인을 함부로 다루지 말라고 하신 걸 잊은 모양이지?"

"포청의 임무는 범인을 잡고 범죄를 다스리는 것일세."

"그러다가 억울한 자들이 죄인으로 몰리면 어찌할 것인가? 자네는 자네 판단이 모두 옳다고 믿는 것인가?"

"그건 높은 사람들이 알아서 판단하겠지. 난 그냥 범인을 잡고 단죄할 뿐이야."

이종원이 더 따지려고 할 찰나, 죽은 것처럼 뻗어있던 까치가 신음소리를 내면서 몸을 뒤틀었다. 이종원이 육중창을 바라봤다.

"누가 심문 할 차례지?"

이종원은 빨리 정신을 차리라고 쓰러진 까치의 얼굴에 물을 부었다. 정신을 차린 까치에게 이종원이 포도청 군관들이 가지고 다니는 붉은색 포승줄을 보여줬다.

"이제 믿을래?"

"죄, 죄송합니다. 포도청 군관이라고 사칭한 놈들에게 몇 번 돈을 뜯긴 적이 있어서 그랬습니다."

"돈 뜯어먹고 사는 놈이 딴 놈한테 뜯기는 게 뭐가 억울하다고 그래?"

"몰라 봐서 죄송합니다."

"암튼 포청에 끌려가서 주리가 틀리면서 심문을 받을래? 아니면 여기서 아는 대로 털어놓을래?"

눈알을 재빠르게 굴린 까치가 바로 대답했다.

"아는 대로 답하겠습니다."

"요 며칠 사이에 이 동네에서 기와 들고 왔다 갔다 한 놈들 있어?"

"기, 기와요?"

까치의 얼굴에 고작 그런 것 때문에 이 난장판을 벌였느냐는 표정이 떠올랐다. 이종원이 뒤쪽에 서 있는 육중창을 바라봤다.

"나 다음에 저 친구인데 누구한테 털어놓을래?"

육중창의 험상궂은 얼굴을 본 까치가 얼른 입을 열었다.

"이틀 전에 집주릅인 방인득이 기와를 파는 걸 봤습니다."

"방인득인가 하는 작자는 어디가면 찾을 수 있지?"

"마을 초입에 술도가가 있는데 거기 담벼락에 있습니다."

"어떻게 생겼는데?"

"주먹코에 두창을 앓은 흔적이 있습니다."

심문을 마친 이종원이 육중창에게 말했다.

"집주릅에게 가 볼까?"

고개를 끄덕거린 육중창이 앞장서 걸었다. 이종원은 어처구니없는 표정으로 자신을 바라보는 까치를 뒤로하고 그를 따라갔다.

한양의 술도가는 늘 지붕에 술을 거르는 대나무 통인 용수를 올려놓기 때문에 쉽게 알아볼 수 있었다. 다정동의 술도가 역시 지붕에 용수를 두 개나 올려놨다. 그리고 술도가의 담벼락에는 곰방대를 입에 문 집주릅 방인득이 꾸벅꾸벅 졸고 있었다. 그러다가 앞에 선 이종원의 헛기침 소리에 퍼뜩 눈을 떴다.

"집 사시게?"

그러다가 철릭을 입고 전립을 쓴 두 사람을 보고는 입을 다물었다. 이종원이 손짓을 하자 육중창이 앞으로 나섰다.

"네가 집주릅 방인득이냐?"

"군관 나리께서 어쩐 일이십니까?"

"왜? 포청 군관은 여기에 집 사면 안 되나?"

"그, 그런 건 아니지만…."

인상을 팍 쓴 육중창 앞에서 방인득이 벌벌 떨었다. 잔뜩 겁을 준 육중창이 물었다.

"이틀 전에 팔았던 기와 어디서 났었어?"

"기와 말씀이십니까?"

"그래, 기와."

"기와 사시게요?"

방인득의 말에 육중창이 인상을 찌푸렸다.

"너랑 말장난 할 시간 없어."

"제가 산 집에 있는 기와를 가져와서 팔았습니다."

"어느 집?"

"마을 뒤편에 따로 떨어져 있는 집이 한 채 있습죠. 아들 내외가 먼저 죽고, 주인 혼자 적적해 하다가 팔려고 내놓은 겁니다."

"그런데 그 집을 집주릅인 자네가 샀다고?"

"괜찮을 것 같아서 사들였습니다요. 그런데 집이 안 팔려서 일단 급전을 마련하려고 그 집의 기와를 떼다가 팔았습죠."

기운을 차린 방인득의 얘기에 육중창이 살짝 당황한 표정을 지었다. 지켜보던 이종원이 슬쩍 나섰다.

"어딘지 앞장서게."

"따르시지요."

잽싸게 일어난 방인득이 서둘러 발걸음을 떼었다. 그걸 본 육중창이 그에게 인상을 썼다.

"내 심문에 끼어들다니, 약속이 틀리잖아."

"좀만 더 윽박지르면 오줌 지리겠던 걸? 어차피 가서 보면 알 수 있잖아."

이종원은 육중창을 뒤로 하고 방인득의 뒤를 따랐다. 주저하던 육중창도 뒤를 따랐다. 산 중턱까지 올라간 방인득은 구석에 세워진 작은 기와집을 가리켰다.

"저 집입니다."

두 사람은 집 안팎을 살폈다. 세 칸짜리 기와집은 거처라기보다는 돈 많은 양반이 가끔 들르는 별장처럼 보였다. 어느 틈엔가 두 사람을 따라붙은 방인득이 입을 열었다.

"원래는 어느 부자 집 대감마님이 아들의 공부방으로 만든 곳입죠. 그러다가 그 집안이 몰락하고 여차저차 넘어갔다가 결국 제 손에 들어왔습니다."

설명이 길어질 것 같은 기미를 보이자 육중창이 끼어들었다.

"기와를 떼어낸 곳은 어디야?"

"저쪽입니다."

방인득이 안내한 곳은 집 뒤편이었다. 앞에서 보이지 않는 뒤쪽 지붕의 기와를 떼어내고 거적으로 덮어놓은 게 보였다.

"집을 사느라 급전을 당겨썼는데, 안 팔려서 말이죠."

"그래서 기와를 떼다가 팔았다고? 언제?"

"한 닷새 되었습니다. 나중에 집을 팔 때 문제가 되지만 워낙 급해서 말입니다."

육중창이 이것저것 묻는 동안 이종원은 돌을 딛고 올라서서 거적을 들췄다. 기와가 떼어낸 곳에는 흙과 잡목들이 보였다. 유심히 살피던 이종원은 육중창과 얘기를 나누던 방인득에게 다가갔다.

"떼 낸 기와들은 누구한테 팔았지?"

"같은 마을에 사는 오달배에게 팔았습니다."

"얼마나?"

"암키와 30장이랑 수키와 20장입니다."

"뭐 하는 작잔데?"

"이것저것 하는 걸로 알고 있습니다."

"어디 가면 만날 수 있지?"

이종원의 물음에 방인득이 입을 다물자 육중창이 멱살을 잡았다.

"빨리 얘기하지 않으면 이 집 다 부숴버린다."

"그, 그게 말입니다. 그 친구가 도박에 푹 빠져 사는 놈이라서 말이죠."

방인득의 얘기대로 오달배는 집에 없었다. 낡은 치마저고리 차림의 부인이 두 사람을 맞이했다. 얘기를 들은 부인은 뒤뜰에 가보라는 말을 남기고 부엌으로 들어갔다. 뒤뜰 한 구석에는 기와들이 차곡차곡 쌓여있었다. 그걸 본 두 사람의 입에서는 거의 동시에 한숨이 나왔다. 한쪽 무릎을 꿇은 이종원이 쌓여있던 기와를 살펴봤다. 그리고는 손바닥에 묻은 흙을 털어내면서 말했다.

"아무래도 헛다리를 짚은 모양이군."

"과연 그럴까?"

코웃음을 친 육중창이 기와 하나를 집어 들었다.

"방인득이 팔았던 기와는 암키와와 수키와였어. 그런데 여기 있는 기와는 수키와뿐이잖아."

"암키와를 먼저 팔았을 수도 있지."

"집 안 만들어봤어? 기와를 올리려면 암키와와 수키와가 비슷한 수로 필요해. 그런데 암키와만 따로 사간다고?"

기와를 도로 내려놓은 육중창이 손바닥을 탁탁 털며 덧붙였다.

"그리고 여기 위에 덮인 먼지와 흙을 봐. 닷새 전에 옮겨온 것 치고는 너무 지저분해."

"오래 전부터 있던 기와라는 걸 알아차렸군. 제법인데."

"날 속여서 혼자 공을 독차지할 생각은 하지 말라고."

"나도 몰랐어."

뒤늦게 발뺌을 했지만 믿는 눈치는 아니었다. 결국 입을 다문 채 집을 나와야만 했다. 앞장선 육중창이 골목길에 멈춰서 그에게 말했다.

"이제 오달배를 족쳐야 하는데 말이야. 입을 다물어서 시간을 끌면 골치 아파지잖아."

"그렇지. 기와가 사라진지 벌써 닷새째라 언제 알려져도 이상할 게 없지."

무엇보다 시간이 없었다. 이러다가 기와가 사라졌다는 사실이 알려지면 무슨 봉변을 당할지 몰랐다. 곰곰이 생각을 하다가 묘안이 떠오른 이종원이 말했다.

"잡아다 족치는 방법 대신 다른 방법을 쓰자고."

"어떻게?"

"놈이 노름을 좋아한다고 했잖아."

"지금도 노름판에 있다고 했으니까 그렇겠지."

"그걸 이용하는 건 어때?"

"노름판을 덮치자고?"

육중창이 흥미롭다는 눈빛을 보내자 이종원이 대꾸했다.

"우아하게 덮치는 거지."

좌포청에 들어가서 변장을 하고 나온 이종원을 본 육중창이 키득거렸다.

"영락없이 노름꾼이네."

"놈들이랑 어울리려면 이 정도야 기본이지."

흙이 잔뜩 묻은 바지에 다 떨어진 짚신을 신은 그는 주변을 살피면서 말했다.

"노름꾼이랑 포청 군관이랑 같이 붙어있으면 이상하잖아. 좀 떨어져."

"그러지. 있다가 신호는 어떻게 보낼 건가?"

"뒷간에 가는 척하면서 새소리를 두 번 내지."

"그럼 자네는 그 작자를 데리고 튄다 이 말이지? 내가 사마귀를 데리고 튄 것처럼 말이야."

"살살 구슬려서 털어놓게 만들겠네. 그러니 잘 도와주게."

"그러지."

육중창과 얘기를 마친 이종원은 해가 떨어지는 거리를 걸어서 다정동에 도착했다. 노름꾼들이 모이는 곳은 아까 수소문해서 알아둔 상태였다. 노름판이 벌어지는 곳은 내외술집이었다. 몰락한 양반가의 부녀자가 먹고 살기 위한 방편으로 삼은 것인데 손님이 와도 안주인이 직접 나오지 않고 술과 안주만 대접하는 방식이었다. 노름꾼들이 모이는 내외술집 역시 한때는 꽤 위세가 드높았던 집안이었는지 솟을대문이 꽤 커보였다.

"이리 오너라!"

굳게 닫힌 대문을 향해 외치자 잠시 후, 삐걱거리는 소리와 함께 대문이 열렸다.

"뉘슈?"

"술보다 좋은 걸 마시러 왔소이다."

히죽 웃은 이종원은 소매에서 꺼낸 주머니를 흔들었다. 그러자 대문을 지키던 사내가 말했다.

"누구한테 들은 거요?"

"청석이에게 소개를 받았소."

"들어오슈."

사내가 열어준 대문으로 들어간 이종원은 주변을 살폈다. 종들이 머물던 행랑채는 먼지가 켜켜이 쌓였고, 당장이라도 무너질 것처럼 낡았다. 사랑채에 불이 환하게 밝혀져 있는 게 보였다. 짚신을 벗고 사랑채의 문을 열자 자욱한 담배 연기 사이로 노름꾼들의 모습이 보였다. 그들의 따가운 시선을 느낀 이종원이 콧방귀를 뀌었다.

"양반집 사랑채에서 노름을 하다니, 공자님이 울고 가겠네."

그러자 아랫목에 앉아있던 노름꾼 하나가 퉁명스럽게 대꾸했다.

"공자가 밥 먹여주는 것도 아니잖소."

이종원은 손에 들고 있던 주머니를 노름판 가운데 떨어뜨리면서 말했다.

"내 노름판이란 노름판은 다 돌아다녀봤지만 사랑채에서 하는 건 처음 봐서 그렇소이다."

"노름판에서야 돈 많은 사람이 공자님이지. 이쪽으로 오시구려."

이종원은 맨 처음 말을 건 노름꾼의 옆자리에 앉았다. 서당 훈장 같은 늙은이부터 아직 상투도 올리지 못한 떠꺼머리까지 포함된 노름꾼들 앞에는 투전이 펼쳐져 있었다. 대충 눈인사를 하고 방석 위에 앉았다. 그러자 맨 처음 말을 건 노름꾼이 슬며시 말했다.

"오달배요."

"이찬종이외다. 여긴 40장을 쓰시오? 아님 60장?"

기름을 먹인 두꺼운 종이로 만든 투전을 손으로 챙긴 오달배가 대답했다.

"40장 돌려대기외다."

"좋소이다. 돌리시구려."

돌려대기는 투전의 기본 방식이다. 다섯 명에게 숫자가 적힌 다섯 개의 투전을 나눠주고, 처음 세 장을 낸 다음 나머지 두 장 안에 있는 숫자를 맞추는 방식이다. 족보가 제법 복잡하지만 그만큼 짜릿한 맛이 있어서 한양에서 크게 유행하는 방식이었다. 오달배가 능숙한 솜씨로 노름꾼들 앞에 투전을 던졌다. 한 손으로 투전을 집은 그는 패를 읽었다. 그런 그를 보던 오달배가 물었다.

"패 집는 솜씨가 예사롭지 않구려. 어디서 노셨소?"

"벽장동부터 남산골까지 안 가본 곳이 없소이다."

"돈깨나 날렸겠네."

"두말하면 입 아프지."

어느 정도는 사실이었다. 공부에 뜻을 두지 못하고 내내 밖으로만 돌면서 노름을 익혔다. 그러다 아버지의 유언 때문에 할 수 없이 무과 시험을 보고 포청 군관 노릇을 하게 되었다. 한때는 손을 잘라버리고 싶었지만 이렇게 쓰일 때가 있다는 데 위안을 삼기로 했다. 그러는 사이 투전판은 불이 붙었다. 돌려대기는 처음 석 장으로 짝을 맞춘 다음 나머지 두 장의 족보를 가지고 겨루는 방식이라 결판이 빨리 났다. 서당 훈장으로 보이는 노름꾼이 외쳤다.

"섰다 벗었다 안경 가보!"

같은 숫자가 아닐 때에는 두 패의 숫자를 합해서 9가 나오면 이겼다. 섰다 벗었다 안경 가보는 1과 8이 합해서 9가 나왔다는 뜻이다. 그러자 맞은편에 앉아있던 떠꺼머리가 한숨을 쉬었다.

"기운 센 놈이 나왔네."

기운 센 놈은 10과 4가 나올 때 하는 말이었다. 기운 센 사람을 장사라고 했다. 노름판에서 10을 장이라고 불렀기 때문에 붙은 이름이었다. 그런 식으로 다른 노름꾼들이 떨어져 나가자 오달배가 슬쩍 말을 건넸다.

"패 좀 봅시다."

"노름판에도 법도가 있는 법. 남의 패를 보고 싶으면 본인 패를 먼저 까지."

그러자 오달배가 슬쩍 패를 보여줬다. 8이라는 숫자가 적힌 패가 두 장이었다.

"8땅이외다."

"난 4땅이요."

안도의 한숨을 쉰 오달배가 판돈을 쓸어갔다. 그렇게 몇 번 판이 돌자 오달배와 말을 섞을 수 있었다. 패를 보던 그가 넌지시 말했다.

"거, 집에 비가 새서 걱정인데 기와를 좀 구할 데가 있겠소?"

"노름꾼이 집안 걱정을 하다니, 아직 수양이 덜 됐군."

"마누라 잔소리 때문에 그렇지."

"얼마나 필요한데?"

"노름꾼이 기와도 가지고 있나?"

"마침 사 놓은 게 좀 있어서 말이야."

"이왕이면 좀 튼튼했으면 좋겠는데."

"염려 말라고."

얘기를 주고받다가 문득 시간이 다 된 것 같다는 생각이 들었다. 들고 있던 패를 내던진 그가 몸을 일으켰다.

"뒷간에 좀 갔다 오겠네."

밖으로 나가자 아까 대문을 열어줬던 사내가 보였다. 측간이 어디냐고 묻자 사내는 턱으로 옆쪽 담장을 가리켰다. 그쪽으로 걸어간 이종원은 슬쩍 나무를 밟고 담장 밖을 살폈다. 그리고 입술을 모아 새소리를 두 번 냈다. 땅으로 내려온 이종원은 잠시 기다렸다. 얼마 후, 대문을 쾅쾅 두드리는 소리가 났다. 이종원은 얼른 노름판이 벌어지고 있는 사랑채로 향했다.

"포도청 놈들이야."

그의 말 한 마디에 방안은 난장판이 되었다. 그나마 오달배가 잽싸게 판돈을 챙겼다. 이종원은 오달배의 뒷덜미를 잡고 밖으로 끌고 나왔다.

"잡히고 싶지 않으면 따라와."

"아, 알았어."

그는 허둥지둥하는 오달배를 끌고 뒤뜰로 향했다. 그 사이, 대문을 부순 육중창과 군관들이 들이닥쳤다. 어떻게든 막아보려고 하던 사내는 육중창의 발길질에 쓰러지고 말았다. 허둥지둥 사랑방을 빠져나온 노름꾼들이 어찌할 바를 몰랐다.

"따라와!"

이종원은 오달배를 끌고 뒤뜰로 갔다. 그리고 담장을 넘었다. 조심스럽게 주변을 살핀 그가 어둠속으로 뛰었다. 그러면서 오달배에게 넌지시 물었다.

"뭐 찔리는 거 있어?"

"찔리다니?"

"생각해보니까 말이야. 포청 애들이 노름판을 덮치는 건 노름꾼 중에 족칠 놈이 있어서거든."

오달배의 표정이 굳어지는 것을 놓치지 않은 그가 소곤거렸다.

"켕기는 거 있으면 얼른 털고 한양 밖으로 튀어."

"암튼 도와줘서 고맙네."

굳은 표정으로 대답한 오달배가 어둠 속으로 사라졌다. 그 모습을 지켜보던 이종원은 뒤에 대고 속삭였다.

"그만 지켜보고 나와."

그러자 어둠속에서 육중창이 모습을 드러냈다. 그의 옆에 서서 팔짱을 낀 육중창이 말했다.

"제법인데?"

"분명히 기와가 있는 곳으로 갈 거야. 조용히 따라가자고."

"밤중인데 따라갈 수 있겠어?"

"아까 물웅덩이에 발이 빠지게 만들었어. 바닥에 물이 찍힌 흔적을 따라가면 돼."

육중창이 포졸에게 넘겨받은 조족등으로 바닥을 비추자 군데군데 물에 찍힌 짚신 자국이 보였다. 이종원이 히죽 웃으면서 말했다.

"잘 따라오라고."

오달배가 간 곳은 자기 집 뒤편의 언덕이었다. 뭔가를 파내느라 정신이 없던 그는 두 사람이 바로 뒤에 올 때까지 아무것도 모르고 있었다. 육중창이 조족등을 들이대며 소리쳤다.

"어이!"

고개를 돌린 오달배는 상황을 눈치 채고 바로 도망을 쳤다. 하지만 몇 발자국 옮기기도 전에 포졸들에게 붙잡히고 말았다. 육중창이 오달배를 포박하라는 뜻의 은어를 썼다.

"모양을 내라."

그러자 포졸들이 포승으로 오달배를 꽁꽁 묶었다. 그 사이, 이종원은 그가 파헤치던 땅을 살폈다. 조족등을 들이대자 흙 사이로 기와들이 보였다. 의열궁에서 없어진 궁가의 기와였다. 묵은 체증이 확 내려간 기분이 든 이종원이 포박당한 오달배에게 다가갔다.

"궁가의 물건을 훔치다니, 간이 배 밖으로 나왔군."

"훔친 게 아니라, 그냥 보관만 했을 뿐입니다."

"집 뒤편에 땅을 파놓고?"

"누가 훔쳐갈지 몰라서 그랬습니다."

이종원이 육중창을 바라보면서 얘기했다.

“저 친구가 누군지 알아? 우포청 최고의 군관이야. 어떤 분야에서 최고인지 알고 싶어?”

이종원이 눈짓을 하자 육중창이 손가락을 우두둑 꺾으면서 다가왔다. 그러자 오달배가 황급히 입을 열었다.

“아이고, 죄다 말씀드리겠습니다.”

“진작 그랬어야지.”

오달배의 등을 토닥거린 이종원이 물었다.

“누구 소행이야?”

“복이 짓입니다요.”

“복이라면 의열궁의 노비 말이냐? 그자가 왜?”

“저한테 노름빚이 있어서 독촉을 했더니 기와로 갚겠다고 했습니다. 그래서 알겠다고 했더니 자기랑 같이 기와를 가지러 가야 한다고 해서 따라 나섰습죠.”

오달배의 얘기를 들은 이종원이 물었다.

“그래서 의열궁의 기와를 훔쳤느냐?”

“훔친 게 아니라 빚을 받은 겁니다. 나리.”

“궁가의 물건인 줄 알면서 그런 소리를 하느냐? 그나저나 방인득이 네 놈에게 팔았다는 기와는 무엇이냐?”

“그, 그게 새벽에 둘이 올라가서 기와를 벗기는데 방가를 만났습니다. 할 수 없이 같이 가져가자고 했더니 놈도 끼었습지요."

"그래서 그자도 가담했단 말이냐?"

"네. 나중에 혹시 말이 돌 수 있으니까 우리끼리 기와를 사고팔았다고 말을 맞춘 겁니다. 마침 집에 노름빚 대신 받은 기와가 있었거든요."

오달배는 두 손을 싹싹 빌면서 털어놨다. 얘기를 들은 이종원이 육중창에게 말했다.

"오늘 밤 안에 복이랑 방인득을 붙잡으면 일이 끝날 것 같아."

끌려가는 오달배를 바라보던 육중창이 말했다.

"범인이 셋이면 우리 둘 다 틀렸군."

"자네는 복이를 잡고, 나는 방인득을 잡으러 가지. 먼저 잡아서 끌고 오는 쪽이 이기는 걸로 하면 어떤가?"

"좋아. 날이 밝기 전에 놈을 끌고 오지."

큰 소리를 친 육중창이 부하들을 이끌고 어둠속으로 사라졌다. 그 광경을 본 이종원이 키득거리자 부하 한 명이 물었다.

"왜 그렇게 웃으십니까?"

"복이 놈은 벌써 멀리 도망쳤을 거야."

"그걸 어찌 아십니까?"

"오늘 낮에 사당에 갔을 때 놈이 미투리를 신고 있는 걸 봤어. 돈도 없는 종놈이 값비싼 미투리를 신고 있는 건 멀리 갈 준비를 하고 있다는 뜻이지."

이종원의 예측은 맞았다. 기세 좋게 의열궁으로 간 육중창은 빈손으로 돌아왔다. 덕분에 기와를 찾은 공은 좌포청에게 돌아갔다. 우포도대장과 함께 궁궐에 들어갔다 나온 좌포도대장이 홀가분한 표정으로 돌아왔다. 자리에 앉은 그에게 이종원이 물었다.

"어떠셨습니까?"

"어쩌긴, 주상전하께서 그렇게 진노하신 건 처음 봤다. 우포도대장은 목이 어깨 사이로 쏙 들어갔더라."

"그래도 범인을 잡았고, 기와도 찾았잖습니까?"

"그래서 더 진노하셨지. 감히 사실을 감추고 살 궁리를 했다고 말이야."

"그럼 범인을 잡은 게 아무 소용이 없던 겁니까?"

낙담한 이종원의 물음에 좌포도대장이 활짝 웃었다.

"없긴, 그래도 범인을 잡았고 기와를 찾았으니 가상하다면서 죄를 묻지 않으셨다. 그리고 너와 우포청의 육 군관에게 포상을 하라는 어명이 계셨다."

그때 두 사람이 있던 방의 문이 활짝 열렸다. 놀란 두 사람이 쳐다보자 문을 연 육중창이 말했다.

"이봐! 복이가 양주 시장에 나타났대."

"그래? 그럼 가서 잡아야지."

쇠도리깨를 챙긴 그가 일어나자 좌포도대장이 말했다.

"참, 우포도대장과 얘기해서 너희 둘이 당분간 붙여놓기로 했다. 앞으로 사이좋게 지내."

서린방의 의금부 옆에 있는 전옥서 앞에 관복을 입은 관리 한 명이 나타났다. 당파창을 어깨에 걸친 채 하품을 하던 문졸이 놀라서 얼른 자세를 고쳐 잡았다. 그런 문졸을 바라보던 관리가 다가가서 말했다.

"전옥서에 갇힌 죄인을 만나러 왔네."

"주부 나리께 알리겠습니다. 뉘신지요."

"형조참의 정약용일세."

"아이고, 알겠습니다."

놀란 문졸이 얼른 안으로 뛰어 들어갔다. 잠시 후, 주부가 직접 나와서 고개를 숙였다.

"참의 영감께서는 어인 일이십니까?"

"방인득이라는 죄인을 만나러 왔네."

"방가 말입니까? 제 방에 계시면 끌고 가겠습니다."

문졸이 굽실거리며 주부의 방으로 그를 데리고 갔다. 잠시 후에, 상투가 풀어헤쳐진 방인득이 수갑을 찬 채 끌려 들어왔다. 둘이서 얘기하고 싶다는 말에 주부는 얼른 자리를 비켜줬다. 방인득이 문가에 우두커니 서 있자 정약용이 자리를 권했다.

"앉게."

방인득이 자리에 앉자 정약용이 물었다.

"의열궁에서 훔친 나머지 기와는 어디로 갔는가?"

"포도청에서 전부 다 회수해 갔습니다."

"아니지, 회수된 건 사라진 기와의 절반에 불과해."

정약용의 추궁에 방인득은 고개를 저었다.

"저는 모르는 일입니다. 오달배와 복이가 빼돌렸겠지요."

"안 그래도 의금부에서 조사 중인 복이를 만났었네. 흥미로운 얘기를 하더군."

"무슨 얘기를 말입니까?"

"자네 집으로 기와를 짊어지고 갔을 때 방에서 나오는 누군가와 마주쳤다고 말이야. 흑립에 도포 차림인데 희한하게도 수염이 없다고 하더군."

방인득이 영문을 모르겠다는 표정을 짓자 정약용이 말했다.

"처음에는 단순히 노름빚 대신 기와를 달라고 한 것처럼 보였는데 말이야. 조사를 해보니까 내막이 있는 것 같더군."

마른 침을 삼키는 방인득에게 정약용이 쐐기를 박았다.

"다시 의금부로 끌려가서 문초를 받아볼 텐가? 지난번처럼 살살 하지는 않을 거야."

방인득이 마침내 고개를 저었다.

"아, 알겠습니다. 사실대로 말씀드리겠습니다."

"누가 의열궁의 기와를 요구한 건가?"

"오독수라는 내시입니다."

"내시?"

"전직 내시입죠. 제가 별감 노릇을 할 때 안면이 있던 자였습니다. 어느 날 갑자기 나타나서 궁궐에서 쓰는 기와가 필요하다고 했습니다."

"그래서 의열궁의 기와를 구해준건가?"

정약용의 물음에 방인득이 대답했다.

"예, 마침 의열궁을 관리하는 내시의 노비 복이를 알고 있었거든요."

방인득의 대답을 들은 정약용이 잠시 생각하다가 물었다.

"오독수라는 자는 어디에 살고 있느냐?"

"견지방에 살고 있습니다."

"확실한가?"

"제가 기와를 직접 가져다주었습니다."

대답을 들은 정약용이 말했다.

"내일 오전에 풀어줄 것이니 앞장서거라."

성 밖의 시신

파루[1]를 알리는 종이 울리면서 서대문이 천천히 열렸다. 서대문이라고 불리는 돈의문은 여러 번 위치를 옮기는 바람에 사대문 중에 가장 늦게 만들어졌다. 그래서 새문이라고도 불렸고, 안쪽 길은 새문안길로 불렸다. 열린 성문으로 나간 사람들은 모화관을 지나쳐 갔다.

아침 일찍 서대문을 나온 선비는 성벽을 따라 걷다가 주변을 살피고는 갑자기 숲속으로 뛰어 들어갔다. 그리고 중치막을 걷고 엉거주춤 쭈그리고 앉았다. 일을 보려는 찰나, 무심코 옆을 바라봤다가 화들짝 놀랐다. 허겁지겁 길가로 뛰쳐나온 선비는 쪽지게를 지고 지나가던 보부상과 부딪쳤다. 선비가 부딪친 어깨를 부여잡은 보부상에게 말했다.

---

1. 파루 : 조선 시대에, 서울에서 통행금지를 해제하기 위하여 종각의 종을 서른세 번 치던 일. 오경 삼 점(五更三點)에 쳤다.

"저, 저, 저기 시신이 있네."

호들갑을 떠는 선비의 말에 보부상이 심드렁하게 대꾸했다.

"모른 척 하고 가십시오."

"그게 무슨 말인가? 사람이 죽었어. 그것도 여자가 벌거벗은 채 말이야."

"나리, 시신을 발견했다고 신고하면 그 다음부터는 온갖 곤욕을 치를 겁니다."

"곤욕이라니?"

선비의 반문에 보부상이 패랭이에 꽂은 곰방대를 꺼내며 대답했다.

"범인을 못 찾으면 신고한 사람부터 족친다니까요."

"설마."

"보슈. 길거리에서도 보이는데 다들 모른 척 하고 걷잖소."

부상의 말대로 길을 걷는 사람들 모두 마치 안 보인다고 작정이라도 한 것처럼 외면한 채 지나갔다. 그걸 본 선비가 멍한 표정을 짓자 쌈지에서 꺼낸 담배를 곰방대의 대통에 꾹꾹 누른 보부상이 대답했다.

"얼른 갈 길이나 가십시오. 이럴 때는 장님이 되는 게 속 편하니까."

혀를 찬 선비가 아랫배를 부여잡고 허둥지둥 떠나자 부싯

돌로 담배에 불을 붙인 보부상이 혀를 찼다.

“아이고, 어쩌다가 저런 봉변을 당했을까.”

부상이 떠난 이후에도 사람들이 오갔지만 길옆에 있는 시신을 보고도 모른 척했다. 그러다 해가 뜨고 근처에 있는 기와집의 대문이 열렸다. 기지개를 켠 노비가 빗자루로 집 앞을 쓸다가 무심코 고개를 들어서 시신을 보게 되었다.

“저게 뭐지?”

혼잣말을 중얼거린 노비가 조심스럽게 다가갔다. 그리고 옆에 떨어진 나뭇가지를 집어서 꾹꾹 질러봤다. 그러다가 풀어헤쳐진 머리를 봤다. 놀란 노비가 나뭇가지를 내팽개치고 집 안으로 뛰어 들어갔다.

“아이고, 주인마님! 큰일 났습니다요.”

사랑채에 앉아서 부채를 부치며 책을 읽던 주인은 호들갑을 떨며 들어온 노비를 보고 혀를 찼다.

“무슨 일인데 그리 난리를 치는 게냐?”

숨을 헐떡거린 노비가 주인에게 말했다.

“주인마님. 집 앞에 웬 시신이 버려져 있습니다.”

부채질을 하던 주인의 눈이 커졌다.

“뭐라고?”

잠시 후, 흑립과 도포를 차려입은 집 주인이 노비의 안내를 받아서 시신이 있는 곳에 도착했다. 길옆에 엎어져있는 시신을 본 주인은 눈살을 찌푸리면서 짜증을 냈다.

"어떤 놈이 감히 종친이 사는 집 앞에 시신을 버렸단 말이냐!"

그러자 뒤에서 지켜보던 노비가 조심스럽게 물었다.

"어디로 치워버릴까요?"

고개를 돌린 주인은 호통을 쳤다.

"죽은 시신을 함부로 치웠다가 쓸데없는 일에 휘말리면 네 놈이 책임질 것이냐?"

"송구하옵니다."

혀를 찬 주인이 시신을 곁눈질로 바라보며 말했다.

"내가 직접 포도청에 신고할 것이니 가마를 대령해라."

오랏줄에 묶인 방인득이 앞장서 걷는 가운데 형조참의 정약용이 뒤따라 걸었다. 그 뒤로는 의금부 도사와 군사들이 줄줄이 뒤를 따랐다. 심상치 않은 광경에 운종가를 걷던 상인들과 양반들이 슬슬 눈치를 보면서 피맛골로 들어갔다. 종각이 있는 사거리에 멈춰선 방인득이 경복궁이 있는 북쪽 방향을 턱으로 가리켰다.

"저기 저 기와집입니다."

정약용은 방인득이 가리킨 집을 바라보며 의금부 도사에게 말했다.

"빈틈없이 포위하고 들이쳐서 안에 있는 자들을 모조리 체포하라."

의금부 도사가 대문을 두드리는 사이, 군사들이 담장 아래에 자리를 잡았다. 몇 번이고 문을 열라고 외친 의금부 도사가 정약용을 바라봤다.

"안에 아무도 없는 듯합니다."

"담을 넘어라!"

정약용의 지시를 받은 의금부 도사가 손짓을 했다. 그러자 몇 명의 군사들이 담장을 넘어갔다. 잠시 후, 대문의 빗장이 풀리는 소리가 들렸다. 문이 열리자 의금부 도사와 군사들이 쏟아져 들어갔다. 남은 군사에게 방인득을 지키라고 지시한 정약용 역시 안으로 들어갔다. 군사들이 이곳저곳을 뒤지는 가운데 갑자기 별채 쪽에서 우당탕하는 소리가 들렸다. 누군가 쏜살같이 뛰어나와서 담장을 넘으려고 한 것이다. 하지만 달려든 군사들이 바짓가랑이를 붙잡고 늘어지자 결국 넘어가지 못하고 바닥으로 떨어졌다.

그 후에도 빠져나가기 위해 발버둥을 쳤지만 의금부 군사들의 손아귀를 벗어나지는 못했다. 정약용이 다가가서 아직도 씩씩거리는 그를 내려다봤다. 복이와 방인득이 말한 외모와 같다는 걸 확인한 정약용이 말했다.

"의금부로 끌고 가라."

우포청 대문을 지키던 문졸들은 갑자기 가마가 들이닥치자 어리둥절했다. 그 사이, 가마에서 내린 양반이 뒷짐을 지고는 우포청으로 들어섰다. 포도청 마당에서 포졸들에게 육모 방망이 쓰는 법을 가르치던 육중창은 우포청으로 들어선 양반이 포도대장을 찾자 고개를 갸웃거렸다. 그러자 새로 부임한 포도부장 이세명이 나와서 그를 맞이했다. 육중창은 호기심에 이끌려 그쪽으로 다가갔다. 호박이 달린 흑립을 쓴 양반이 이세명에게 말했다.

"나는 왕실의 종친인 이계문이라고 하네."

"그러십니까? 우포청에는 어인 일이십니까?"

"집 앞에 벌거벗은 여자 시신이 버려져 있네."

"시신이 말입니까?"

"그렇다네. 대체 포도청은 뭘 하고 있기에 종친의 집 앞에 시신을 방치하게 만드는 건가?"

"신고가 들어온 게 없어서 말입니다."

우물쭈물해 하는 이세명에게 이계문의 불호령이 이어졌다.

"내가 입궐을 해서 전하께 이 사실을 고할 것이야!"

파랗게 질려버린 이세명 대신 육중창이 나섰다.

"일단 현장을 살펴볼 테니 참으십시오. 댁이 어디십니까?"

"서대문 밖 모화관 앞일세."

이계문의 얘기를 들은 육중창이 고개를 조아렸다.

"즉시 가보도록 하겠습니다."

육중창이 공손하게 말하자 이계문은 기분이 누그러졌는지 헛기침을 하며 돌아섰다. 나가는 그를 향해 코가 땅에 닿도록 인사를 한 포도부장 이세명이 육중창을 돌아봤다.

"당장 가서 시신을 확인하고 범인을 잡아."

"시신은 확인할 수 있지만 범인은 금방 못 잡을 수도 있습니다."

육중창은 큰 소리만 치고 무능하면서 윗선에 아부만 하는 이세명을 그다지 좋아하지 않았다. 이세명 역시 그런 사실을 알고 있어서 그런지 불편한 표정을 감추지 않았다.

"가는 길에 좌포청에도 연통을 넣게."

"서대문이면 우리 관할입니다만,"

"어디서 죽었는지 모르잖아."

혀를 찬 이세명의 말에 육중창은 속으로 짜증을 냈다. 혹시 몰라서 좌포청도 걸고넘어지기로 한 것 같았다. 잔머리는 기가 막히게 좋다는 생각을 하며 더그레[2]를 고쳐 맸다.

"그렇게 된 거군."

좌포청에 찾아온 육중창에게 자초지종을 들은 이종원이 빙그레 웃었다. 괜히 부탁 아닌 부탁을 하러 온 육중창은 마치

---

2. 더그레 : 조선 시대에, 각 영문(營門)의 군사, 마상재(馬上才)꾼, 의금부의 나장(羅將), 사간원의 갈도(喝道) 등이 입던 세 자락의 웃옷. 소속에 따라 옷 빛깔이 달랐다.

예상한 것 같은 표정을 짓는 이종원을 보자 더더욱 짜증이 났다. 그런 육중창을 달래주듯 이종원이 말했다.

"안 그래도 포도대장이 창덕궁으로 불려가셨어."

"망할, 그 종친 녀석이 결국 궁궐로 갔군."

"아마 좌·우 포도청이 힘을 합쳐서 살인자를 찾으라고 할 거야. 그리고 우리 둘에게 해결하라고 하겠지. 그러니까 매도 먼저 맞는 심정으로 가자고."

"어디로?"

"현장."

여유롭게 대꾸한 이종원은 철릭의 소매에 손을 찔러 넣은 채 걸었다. 앞서거니 뒤서거니 하면서 중간에 철물교 앞에서 한참 이야기에 열을 올리는 전기수의 얘기에 잠깐 귀를 기울이기도 하고, 무뢰배로 보이는 자들을 물끄러미 바라보기도 했다. 그러면서 돈의문을 나와 모화관 쪽으로 향했다.

"저기군."

시신은 길 옆 풀숲에 버려졌다. 살짝 가려지긴 했지만 한눈에 봐도 사람의 시신이라는 걸 알 수 있었다. 소문을 듣고 몰려왔는지 구경꾼들이 삼삼오오 모여서 웅성거리는 중이었다. 그걸 본 육중창이 눈살을 찌푸렸다.

"아니, 길옆에 버려졌는데 왜 아무도 신고를 안 한 거야?"

"자네 같으면 신고하겠어? 맨날 불려 다니고, 자칫하면 범인으로 몰릴 수도 있는데 말이야."

이종원의 말에 딱히 반박하지 못한 육중창이 고개를 끄덕거렸다.

"하긴."

"다 업보라고."

둘이 얘기를 나누는 사이, 종친 이계문의 집에서 노비 한 명이 나왔다. 한 손에 바가지를 든 걸 본 두 사람은 거의 동시에 외쳤다.

"잠깐!"

두 사람의 외침에 구경꾼과 노비 모두 흠칫했다. 이름대로 덩치가 크고 험상궂게 생긴 육중창과 그에 비해서는 호리호리하지만 눈빛이 날카로운 이종원의 외모 때문이었다. 거기다 전립에 철릭 차림으로 누가 봐도 포도청 군관으로 보였다. 구경꾼들은 혹시나 귀찮은 일을 겪을까봐 뿔뿔이 흩어졌다. 바가지를 든 노비만 멍한 눈으로 두 사람을 바라봤다. 육중창이 다가가 물었다.

"뭘 하려는 거야?"

"청지기가 냄새가 심하다고 석회를 뿌리라고 해서요."

"검시도 안 했는데 시신에 손을 대다니!"

육중창의 호통에 노비가 굽실거렸다.

"소인이 뭘 알겠습니까? 그저 시키는 대로."

"그럼, 가서 지게랑 거적을 좀 가져와. 시신을 포도청으로 옮겨야 하니까."

"청지기가 허락을 하셔야 하는데 말입죠."

"가서 데려와."

육중창의 말에 노비가 허둥지둥 대문 쪽으로 돌아갔다. 그 사이, 이종원이 허리를 굽힌 채 시신을 살펴보고 있었다. 썩어가는 시신에서 나는 특유의 악취에 육중창이 손으로 입을 가렸다. 하지만 이종원은 마치 시장에서 물건 고르는 것처럼 시신을 살펴봤다.

"나이는 대충 스무 살 정도 되는 계집이네. 옷은 전부 다 벗겨졌어."

"상처는?"

"머리가 온통 피투성이야. 그리고 등이랑 어깨에 칼자국이나 있군. 손바닥을 한번 볼까?"

시신의 손바닥을 살펴본 이종원이 말했다.

"깨끗해. 굳은살이 안 배긴 걸 보면 험한 일은 하지 않았던 모양이야."

"그런데 어쩌다가 벌거숭이 시신으로 여기 버려진 거지?"

"그걸 우리가 찾아야지."

이종원의 얘기를 들은 육중창이 잠시 생각하다가 물었다.

"발에 흙이 묻어 있어?"

육중창의 물음에 고개를 옆으로 빼서 시신의 발바닥을 살펴보던 이종원이 고개를 저었다.

"아니, 깨끗해."

"그럼, 누가 다른 곳에서 죽이고 시신은 여기다 버린 것 같아."

"맨발로 여기까지 도망쳐왔다면 발바닥에 흙이 묻었을 거라 이 말이지. 하지만 누군가 신발을 벗겨가지 않았을까?"

"누가 죽였는지 모르지만 옷을 모두 벗겨서 버린 걸 보면 신원을 감추려고 했던 것 같아. 그렇다면 신발도 남겨놨을 리 없지."

육중창의 얘기를 들은 이종원이 고개를 끄덕거렸다.

"나도 같은 생각이야. 그런데 숨기려면 다른 곳도 있는데 하필 사람들 왕래가 많은 모화관 근처일까?"

육중창이 대답하려는 사이, 아까 석회를 뿌리려던 하인이 거적을 옆구리에 끼고 지게를 짊어지고 나타났다. 그걸 본 이종원이 말했다.

"일단 좌포청으로 가지."

"우포청 관할이라고."

육중창이 눈을 부릅뜨며 말하자 이종원이 대꾸했다.

"알지. 하지만 검시할 오작인은 우리 쪽이 더 솜씨가 좋을 거야. 임 노인이라고 이름 들어봤지?"

이종원의 말에 육중창은 고개를 끄덕일 수밖에 없었다. 우포청에도 오작인이 있긴 하지만 대부분 강제로 시킨 관노들이라 솜씨가 형편없었다. 반면, 좌포청의 오작인 임 영감은 수십 년 간 시신을 살폈던 인물이다. 자존심은 살짝 상했지만 범인을 찾는 게 우선이라 수긍하기로 했다. 팔을 걷어붙인 노비가 거적을 펼쳐놓고 그 위에 여인의 시신을 옮긴 다음 둘둘 말아서 지게 위에 올려놨다. 그리고 새끼줄로 꽁꽁 묶은 다음에 지게를 짊어지고 일어났다.

"어디로 갈까요? 나리."

노비의 물음에 이종원이 대답했다.

"좌포청으로 가서 임 노인을 찾게. 좌포청 군관 이종원이 보내는 시신이라고 하면 어디로 가져갈지 안내해 줄 걸세."

그러면서 허리띠에 차고 있던 담배쌈지를 건넸다.

"쌈지는 안 돌려줘도 되네."

"아이고, 고맙습니다. 나리."

굽실거리며 담배쌈지를 받은 노비가 돈의문 쪽으로 향했다. 지게의 거적 밖으로 삐져나온 머리카락과 발을 보던 육중창이 물었다.

"같이 가는 거 아니었어?"

"탐문 먼저 해봐야지."

"죽은 사람 용모파기도 못 만들었잖아."

"옷이 모두 벗겨진 걸 보면 시신인 상태로 여기에 옮겨진 게 분명해. 그럼 지금 저 노비처럼 거적에 싸서 지게에 짊어지거나 다른 방식으로 운반했겠지."

"그러니까 운반한 자를 찾아보자 이 말이군."

"맞아. 아무리 대담한 놈이라고 해도 대낮에 운반하지는 않았을 거야."

"그렇다면 어제 눈에 띄었겠지."

"그러니까 시신은 밤에 운반되었을 거야."

"제법이군, 가 보자고."

육중창의 말에 맞장구를 친 이종원이 돈의문 쪽으로 걸어갔다. 먼저 성문을 지키던 문졸들을 시작으로 그쪽을 지나가는 순찰패들을 불러서 시신을 운반하는 수상쩍은 자가 있었는지 물었다. 하지만 자신이 지키고 있거나 순찰을 돌 때는 아무것도 본 게 없다고 고개를 저었다. 허탕을 친 이종원에게 육중창이 말했다.

"돈의문 바깥의 경수소(복처, 조선시대 파출소)를 들러볼까?"

"밖에서 버렸다고? 그럼 굳이 왕래가 많은 성벽 근처까지 오지는 않았을 것 같은데?"

미심쩍어하는 이종원에게 육중창이 말했다.

"밤이라 길을 잃었을 수도 있지."

"아무리 그렇다고 시신을 길가에 버리고 간다는 건 말이 안 돼."

이종원의 반박에 육중창이 어깨를 으쓱거렸다.

"사실, 사람을 죽인 거 자체가 말이 안 되잖아."

이종원이 피식 웃고는 돈의문 쪽으로 향했다. 널빤지로 얼기설기 만든 경수소에서 꾸벅꾸벅 졸고 있던 별시위는 두 사람의 발자국 소리를 듣고는 눈을 떴다. 설명을 들은 별시위는 어젯밤 번을 서고 자고 있던 동네 주민을 깨웠다. 깡마르고 눈이 튀어나온 동네 주민은 손가락으로 포승줄을 빙빙 돌리는 서슬 퍼런 두 사람의 추궁에 눈을 껌뻑거리며 대답했다.

"어젯밤에 수상쩍은 사람은 없었습니다. 아시다시피 여긴 돈의문과 가까운 곳이라 밤중에는 사람들의 왕래가 적습니다. 문이 닫히는 한밤중에 여길 올 이유가 없거든요."

"그러니까 수상한 사람을 봤냐고 못 봤냐고?"

이종원의 추궁에 동네 주민은 고개를 저었다.

"없었습니다. 어제는 밤에 바람이 엄청 심하게 불고 유독 어두워서 횃불이 없으면 다니지도 못했을 겁니다."

거짓말을 하는 것 같지는 않았기 때문에 육중창은 그만하라는 눈짓을 보냈다. 이종원 역시 같은 생각인지 더 이상 묻지 않고 돌아섰다. 경수소를 나와 근처에 있는 은행나무 아래 앉은 이종원이 돈의문 쪽을 바라봤다.

"오가는 사람이야 못 봤다고 할 수 있지만 순찰패나 경수소에서 봤으면 그냥 넘어가지는 않았을 거야."

"그렇다면 어제 밤과 오늘 새벽 사이에 버려졌다는 얘기군."

"맞아. 순찰패는 밤에는 다니지 않을 것이고, 경수소에서도 밤이 되면 주변만 지키지 따로 순찰을 하지는 않으니까."

육중창의 대답을 들은 이종원이 돈의문 쪽을 바라보며 말했다.

"일단 서대문은 인정(밤 열 시 경)부터 파루(새벽 네 시 경)때까지 통행금지가 되면서 닫혀버리기 때문에 통행을 할 수 없어. 따라서 여인이 죽은 곳은 서대문 바깥이 분명해."

"근방 주민들을 상대로 탐문을 더 해봐야겠어."

"포졸들을 풀어서?"

이종원의 물음에 육중창이 고개를 끄덕거렸다.

"시신의 상태로 봐서는 오래 전이 아니라 며칠 전에 죽은 게 분명해. 그 또래 여성 중에 실종된 사람이 있는지 알아보면 단서가 나오겠지."

"제법이군."

엉덩이를 털고 일어난 이종원의 얘기에 육중창이 피식 웃었다.

"나도 포도청 밥을 제법 먹었다고."

"그런 건 포도청에 오래 있다고 느는 건 아니지. 갈수록 돌대가리가 되는 놈들이 한 둘이 아닌 거 잘 알잖아."

"좌포청도 그런 놈들이 있나?"

"만만치 않지."

묘한 동질감을 느낀 두 사람은 낄낄거리며 돈의문으로 향했다.

먼저 우포청에 들린 두 사람은 좌포청으로 향했다. 그 사이, 포도부장 이세명은 자신이 지시를 내려서 두 사람이 조사에 착수한 것이라고 좌포청 대장에게 말해 놨다. 그 사실을 안 두 사람은 서로의 얼굴을 보며 쓴 웃음을 지었다. 포졸들을 모아서 돈의문 밖의 민가를 탐문해서 사라진 여성이 있는지 알아보라는 지시를 내렸다. 그리고 시신을 검시하고 있을 임 노인에게 향했다. 구석진 곳에 있는 작은 움막 같은 곳이었는데 문조차 없어서 거적으로 가리는 수준이었다. 그걸 본 육중창이 말했다.

"여기도 시신을 검시하는 일은 찬밥이군."

"더운밥이 될 일이 없지. 하지만 임 노인의 솜씨는 믿을 만하지."

이종원이 거적을 걷고 안으로 들어갔다. 시신이 부패하면서 나는 악취에 정체를 알 수 없는 약초 냄새까지 뒤섞여서 육중창은 얼굴을 찌푸렸다. 움막은 창문이 없어서 한낮임에도 불구하고 어두컴컴했다. 허리를 굽힌 채 주변을 돌아보던 이종원이 소리쳤다.

"노인장! 어디 계시오? 이 군관이외다."

그러자 어둠 한쪽에서 목소리가 들려왔다.

"호랑이도 제 말하면 온다더니, 딱 맞춰서 왔군. 이쪽이야."

낮고 카랑카랑한 목소리는 거적을 둘러서 방처럼 만든 곳에서 들려온 것이었다. 이종원이 그쪽으로 향하자 육중창도 따라서 움직였다. 한 손으로 거적을 걷은 이종원의 어깨 너머로 탁자에 누워있는 젊은 여인의 시신이 보였다. 발치에는 백발에 수염과 주름으로 가득한 얼굴을 한 임 노인이 서 있었다. 시신을 앞에 두고 태연하게 주먹밥을 먹던 임 노인이 이종원에게 말했다.

"밥은 먹었고?"

"노인장 뵙고 먹으려고요. 시신은 살펴보셨습니까?"

이종원의 물음에 남은 주먹밥을 먹어치운 임 노인이 손가락을 쪽쪽 빨면서 대답했다.

"물론이지. 같이 온 군관은 누군고? 우포청 소속인가?"

"우포청 군관 육중창입니다. 지난번에 의열궁 기와 사건을 같이 해결했지요."

"얘기 들었네. 이름 그대로 육중하구만."

스스럼없이 농담을 한 노인이 상투 뒤를 긁적거리며 시신을 바라봤다.

"젊은 여인일세. 나이는 많아봤자 이십 대 중반일 거야."

"사인은요?"

"복잡해. 시신이 왔을 때 상태가 워낙 안 좋아서 일단 얼굴의 피를 다 닦아주고 술지게미를 뜨겁게 볶아서 몸에 발라주었지."

"상태를 확인하려고 하셨군요."

육중창이 아는 척을 하자 임 노인이 고개를 끄덕거렸다.

"그러고 닦아냈더니 말이야. 온몸이 상처투성이였어."

"한두 군데 찔린 게 아니란 말입니까?"

이종원이 묻자 임 노인은 시신 곁으로 다가가서 머리부터 차근차근 짚었다.

"여기 왼쪽 젖가슴 아래쪽에 상처 보이지? 이게 등 뒤쪽까지 뚫려있어. 그 아래로는 대각선으로 왼쪽부터 오른쪽으로 베인 상처가 있는데 이것도 제법 커. 그리고 오른쪽 허벅지에도 찔린 흔적이 있고, 왼쪽 어깨도 베인 자국이 있지. 목에도 죽을 정도는 아니지만 칼에 살짝 베인 상처가 있어. 역시 대각선으로."

"어느 쪽입니까?"

"왼쪽 귀 아래. 앞쪽이 낮고 위쪽이 높아."

임 노인이 대답을 하며 손날을 비스듬히 세워서 자신의 목에 갔다댔다. 임 노인이 가리킨 곳에는 붉은 속살이 드러낸 상처들이 보였다. 시신을 살펴보며 얘기를 들은 이종원이 물었다.

"머리에 난 상처는 어떻습니까?"

"뒤통수가 완전히 깨졌어. 목뼈도 부러진 것 같아. 이 상처들은 죽은 이후에 생긴 거야."

육중창은 단언하듯 말하는 임 노인의 말에 의문을 품었다.

"왜 그렇습니까?"

"뒤통수가 먼저 깨졌는지 목뼈가 먼저 부러졌는지는 모르겠지만 둘 다 즉사할 정도의 상처야. 그 상태에서는 굳이 칼질을 할 필요가 없지."

"죽인 다음에 칼질을 할 수도 있지 않습니까?"

"그러면 눕혀놓고 칼질을 했다는 얘긴데 등 뒤에 난 상처 안쪽에는 흙이나 나뭇조각이 나오지 않았어."

"뭐라고요?"

육중창의 반문에 임 노인은 귀찮다는 표정으로 죽은 여인의 시신을 옆으로 세웠다. 그리고 등 뒤에 난 상처를 손가락으로 가리켰다.

"여기 말이야. 여기. 눕혀놓고 찔렀다면 분명 여길 관통한 흉기가 바닥에 있는 뭔가에 박혔다가 빠져나왔을 거야. 만약 땅바닥이었다면 흙이 상처 안에 딸려 들어왔을 거고, 대청 같은 곳이었다면 나무 조각 같은 게 안에 박혔을 거야. 시신이 발견된 장소가 그냥 모화관 근처 길 옆이었다며?"

"네."

"거긴 흙이 항상 축축하고, 지푸라기가 묻어있어. 시신에서는 그 흙밖에는 발견되지 않았어. 상처 안에는 없었고."

"그 말씀은 다른 곳에서 죽은 다음에 그곳에 버려졌다는 거군요."

"맞아. 그리고 사람을 이 정도로 난도질을 했다면 입에 재갈을 물렸다고 해도 소리가 주변에 안 퍼질 수가 없었을 거야."

"그럼 죽은 장소는 소리를 질러도 안 들릴 곳이겠군요. 외딴 곳이라든지…."

육중창의 말을 이종원이 바로 이어받았다.

"엄청 큰 집이라 비명소리가 담장 밖으로 안 나가는 곳이요."

두 사람이 번갈아가면서 말하자 임 노인이 누런 이를 드러내며 웃었다.

"손발이 아주 잘 맞는군. 시신의 손목을 보게."

두 사람이 거의 동시에 죽은 여인의 손목을 잡았다. 그리고 천천히 안쪽을 돌리자 붉은 줄이 보였다. 육중창이 낮은 목소리로 말했다.

"결박당했군요."

"아마 재갈이 물린 채 결박당했을 거야. 그 상태에서 살인자가 흉기를 휘둘러서 죽인 거지."

"뒤통수가 깨지고 목이 부러진 건 그 이후일까요?"

"아마 버려지는 과정에서 난 상처 같아. 죽인 이후에 옷을 모두 벗긴 채 그곳에 버렸을 거야."

임 노인의 얘기를 들은 육중창이 고개를 갸웃거렸다.

"바닥이 부드러운 흙이라 아무리 세게 던져도 그 정도 상처는 나지 않습니다."

육중창의 얘기를 들은 이종원이 나섰다.

"그건 죽은 이후의 상처니까 나중에 알아보면 되고, 일단 살인이 벌어질 법한 장소를 추정해봐야지. 깊은 산속에서 나무에 매달아놓고 죽였든지, 아니면 커다란 저택에서 대들보에 매달아놓고 살인을 저지른 것 같아."

"산속은 일단 제외. 비명소리가 안 들릴 정도의 장소였다면 거기서 죽이고 굳이 왕래가 많은 모화관 앞에 버릴 리가 없지."

이종원의 얘기에 수긍을 한 육중창이 말했다.

"그럼 모화관 근처의 큰 기와집들을 집중적으로 살펴봐야겠군."

"신분을 확인할 수는 없지만 설마 부인이나 딸을 이렇게 하지는 않았을 테니까 첩이나 계집 종 중에 하나일 거야."

두 사람이 얘기를 주거니 받거니 하는 사이에 임 노인이 끼어들었다.

"살인자는 오른손잡이에 키는 두 사람의 중간정도 일거야."

"그걸 어찌 아십니까?"

놀란 육중창의 물음에 임 노인이 여인의 시신을 바라봤다.

"죽은 여인의 키가 대략 5척에 조금 못 미치네. 그런데 몸에 난 상처는 앞쪽이 뒤쪽보다 반 뼘이 높아. 흉기는 최대한 몸에 편하게 사용하니까 그걸로 대략 유추할 수가 있지. 목에 난 상처는 반대로 앞쪽이 뒤쪽보다 반 뼘 정도 낮아. 아마 손목을 밧줄에 묶어서 대들보에 걸어서 띄워놨을 거야. 그리고 목에 칼을 대고 협박을 했을 거야. 그러니까 키는 대략 6척 정도 되겠지."

가만히 설명을 듣던 육중창 대신 이종원이 끼어들었다.

"그런데 말을 안 듣거나 굽히지 않으니까 흉기로 살인을 저질렀군요. 참, 흉기는 뭔지 확인하셨습니까?"

"젖가슴 아래에 난 상처는 창인 것 같아."

"창이요?"

"젖가슴 아래 난 상처를 봐. 주변이 동전에 눌린 것처럼 보이지?"

임 노인의 말을 듣고 시신의 상처를 살펴보던 육중창의 눈이 커졌다.

"보입니다."

"창에 달린 석반일세. 환도의 코등이[3] 같은 역할을 하지."

"칼이 너무 깊게 들어가지 말라고 붙여놓은 거군요. 하지만 환도로도 이런 상처를 낼 수 있지 않습니까?"

"환도를 코등이 자국이 남을 정도로 깊게 찔러 넣는 건 항우 같은 장사가 아니면 어림도 없네. 거기다 환도는 칼날이 구부러져 있어서 끝까지 찔러 넣었다면 뒤쪽의 상처가 좀 더 넓었을 거야."

"창포검 같이 칼날이 곧게 뻗어있는 것도 있습니다."

육중창의 물음에 임 노인이 손사래를 쳤다.

"그런 건 코등이가 없거나 아주 작아. 거기다 칼날이 좁아서 대번에 알 수 있어. 이 정도 크기는 창이 틀림없네."

임 노인의 설명을 듣고 있던 이종원이 물었다.

"그럼 팔과 다리에 난 상처도 창에 찔려서 그런 겁니까?"

"그쪽은 환도 아니, 창포검 같아."

육중창이 죽은 여인의 팔과 다리를 힐끔 보면서 물었다.

"상처만 보고 알 수 있습니까?"

---

3. 코등이 : 칼을 사용하는 사람의 손등을 보호하기 위해서 칼 손잡이 위쪽에 달아놓는 장치.

“물론이지. 환도는 칼날이 휘어져 있어서 찌르면 상처가 크게 벌어지지. 베면 살갗이 종잇장처럼 베어지고 말이야. 다리에 찔린 상처는 직선으로 나 있어. 석반 자국이 없으니까 창은 아니고, 창포검이나 횃대검 같이 직선의 날붙이야.”

“그럼 살인자는 비명이 밖으로 나가지 않을 정도로 넓은 집에서 칼과 창을 같이 가지고 있는 놈이군요.”

“맞아, 거기다 혼자서 결박하고 창과 칼로 죽이고, 시신을 버리지 않았다면 누군가를 시켰겠지.”

“가족이나 노비겠군요.”

“맞아. 손목이 묶여있긴 했지만 손톱도 깨끗하고 상처가 직선으로 나 있어. 사람이 칼 같은 흉기에 찔리게 되면 자기도 모르게 움츠려들게 되어 있어. 그런데 온몸이 꼿꼿하게 펴진 상태에서 찔렸어.”

“손목이 결박당해서 그런 거 아닙니까?”

“그 상태에서도 몸부림을 치거나 몸을 뒤틀 수 있어. 그런데 아무 반항도 하지 않았다는 건 결박이 되어있을 뿐 아니라 누군가가 움직이지 못하게 붙잡고 있었다는 얘기야.”

“그 상태에서 뒤통수를 부수거나 목을 부러뜨린 건 아니고요?”

다시 끼어든 이종원의 물음에 임 노인이 고개를 저었다.

“피가 달라.”

"네?"

"몸에서 난 피는 거무튀튀하게 변했어. 대략 피가 이틀 정도 지나면 그렇게 변하지. 그런데 머리카락에 묻은 피는 붉은 기운이 남아있었어. 그건 반나절에서 길어야 하루 전에 흘린 피야."

임 노인의 설명을 들은 육중창이 입을 열었다.

"그 얘기는 칼에 찔리고 베여서 죽고, 해가 진 다음에 시신이 버려지면서 머리가 깨졌다는 뜻이군요."

"똑똑하군. 그래."

히죽 웃은 임 노인이 덧붙였다.

"그리고 머리에 상처가 났다면 몸으로 피가 흘러내렸을 거야. 하지만 시신의 몸에 묻은 피는 모두 상처에서 나온 거지 머리에서 흘러나온 피는 없었어. 그러니까 칼과 창에 찔려서 죽어가는 순간에는 머리에 상처가 없었던 거지."

임 노인의 설명을 들은 육중창은 혀를 내둘렀다.

"이 정도로까지 세세하게 얘기해주는 오작인은 노인이 처음입니다."

"내가 시신이랑 얘기하는 걸 좋아해서 말이야."

미친 사람처럼 웃어대는 임 노인의 모습을 보고 육중창은 살짝 움츠러들었다. 그 사이, 이종원이 엽전 몇 닢을 건네줬다.

"고생하셨습니다. 이걸로 근처 주막에 가서 목이나 축이십시오."

"고맙네. 그런 의미로 한 가지 더 알려주지. 아까 팔을 잡았을 때 이상한 걸 느끼지 못했나?"

이종원이 다시 시신의 팔을 들어올렸다.

"부러졌군요."

"맞아. 가슴뼈도 몇 개 부러졌어."

"그냥 내던졌는데 팔이나 가슴뼈가 부러지지는 않겠죠?"

이종원의 물음에 임 노인이 고개를 끄덕거렸다.

"물론이지. 목뼈도 마찬가지야. 근처에 높은 곳이 있었나?"

잠깐 생각에 잠겨있던 육중창이 고개를 저었다.

"기껏해야 나무 정도입니다."

"예전에 이 군관이 절벽에서 떨어진 시신을 살펴봐달라고 했을 때랑 비슷했네. 적어도 15척 높이에서 떨어졌을 거야."

임 노인의 얘기를 들은 육중창이 팔짱을 끼었다.

"기껏 옷까지 벗겨서 신원을 숨길 생각이면서 왕래가 많은 모화관 길옆에 버린 것도 그렇고, 높은 곳에서 던져서 두 번 죽인 이유가 무얼까?"

"하나 있어."

이종원이 눈빛을 반짝거리며 말하자 육중창이 팔짱을 풀었다.

"어디?"

"따라 와."

이종원과 육중창이 나가려고 하자 임 노인이 불러 세웠다.

"지난 수십 년 간 온갖 시신들을 다 봤네. 하지만 이번만큼 참혹하게 죽은 건 처음일세. 그러니 반드시 범인을 잡아서 죽은 여인의 한을 풀어주게."

임 노인의 말에 이종원이 고개를 끄덕거렸다.

"알겠습니다."

해가 서서히 저물어 가는 가운데 왕은 창덕궁 후원을 걸어가는 중이었다. 내시들이 종종걸음으로 따라가는 가운데 임금은 커다란 연못인 부용지를 돌아서 2층 누각인 주합루 앞의 어수문에 도달했다. 어수문 옆으로는 담장 대신 대나무를 뼈대로 삼고 넝쿨을 휘감은 취병이 자리 잡았다. 임금이 내시들의 부축을 받으며 계단을 올라갔다. 그러자 소식을 듣고 기다리고 있던 관리가 허리를 조아렸다.

"전하. 바쁘실 텐데 어인 일이시옵니까?"

"다산이 형조참의 노릇을 잘 하고 있나 보러 왔느니라."

"오르시지요. 마침 석양이 질 것 같으니 2층에서 보시면 좋을 것입니다."

정약용이 먼저 계단을 오르자 왕은 부축을 하려는 내시를 손짓으로 물리고는 혼자서 걸어 올라갔다. 왕이 사도세자의 자식이라는 손가락질을 이겨내고 즉위한 직후 지은 전각으로 규장이라고 불리는 왕의 어제와 어필을 보관하는 장소였다. 하지만 왕은 이곳에 척신들을 견제하기 위해 능력 있고 젊은 신하들을 배치했다. 자신이 원하는 정치를 펼치기 위한 행보였는데 정약용도 그 중 한 명이었다. 사방이 트여있는 2층으로 오른 왕은 정약용이 권한 의자에 앉았다.

"주변에 아무도 없사옵니다."

정약용의 얘기를 들은 왕의 표정이 살짝 풀어졌다.

"그 사건은 어찌 되어가는가?"

"견지방에서 붙잡은 자를 의금부에서 문초 중이지만 아직 입을 열고 있지는 않습니다."

"그자가 왜 기와를 사갔는지도 자복하지 않았는가?"

"형신을 계속 가하고는 있지만 입을 열지 않고 있습니다."

정약용이 고개를 조아리며 말하자 왕은 잠시 고민에 빠졌다.

"일이 심상치가 않게 돌아가는 것 같군."

"심려를 끼쳐드려 죄송하옵니다. 그래서 의열궁의 기와를 빼돌린 복이를 추궁했더니 의심스러운 내용을 발설했습니다."

"그게 단서가 될 거 같은가?"

"조사를 해봐야겠지만 시일이 걸릴까 우려스럽습니다."

정약용의 애기를 들은 왕이 고개를 돌려 부용지 쪽을 바라봤다.

"자네 잘못은 아니지만 서둘러주게. 모략을 꾸민 자들이 자신들의 행적이 드러나는 걸 알고 있으니 꼬리를 끊거나 일을 서두를 걸세."

"소신도 그걸 염려하고 있습니다."

"그자들은 자신들의 권력을 잃을까봐 발버둥을 치고 있네. 과인의 아버지인 사도세자를 해하는 것도 모자라서 말이야."

"참으로 송구하옵니다."

정약용은 아버지를 애기하는 정조의 손이 가늘게 떨리는 걸 지켜봤다. 냉정함의 화신인 것 같은 임금은 아버지 사도세자 애기만 나오면 감정을 조절하지 못했다. 그럴 만도 했다. 자신의 아버지가 할아버지의 명으로 뒤주에 갇혀서 죽었으니 말이다. 생각에 잠겨있던 정약용이 조심스럽게 말했다.

"아무래도 조사가 길어질 듯싶습니다. 처음 기와를 찾은 포도청 군관들의 도움을 받아서 조사를 해보고 싶습니다."

"좌포청과 우포청 군관들 말인가?"

"그렇습니다. 추안급국안[4]을 보니 두 군관이 조사를 굉장히 잘 해냈습니다."

잠시 생각하던 왕이 말했다.

---

4. 추안급국안(推案及鞫案) : 포도청에서 조사해서 의금부로 넘긴 사건 조사 기록

"뜻대로 하게."

얘기를 마친 왕이 일어나서 아래층으로 내려갔다. 정약용은 따라오지 말라는 왕의 말을 듣고는 일어나서 고개를 조아렸다.

좌포청을 나온 두 사람이 돈의문에 도착했을 무렵에는 해가 저물어가는 중이었다. 앞장 선 이종원이 뒤따르던 육중창에게 돈의문의 문루를 가리켰다.

"이 근처에서 던져서 뼈가 부러지고 머리가 깨질 정도의 높이라면 성벽 밖에는 없어."

"그렇긴 한데, 거리가 너무 멀지 않아?"

"힘껏 던지면 도달하지 못하는 거리는 아니야. 일단 올라가서 단서를 찾아보세."

앞장 선 이종원이 문루로 올라간 다음 시신이 발견된 모화관 쪽으로 천천히 걸어갔다. 어두워질 기미를 보이자 다시 바람이 심해져서 철릭의 자락을 펄럭거리게 만들었다. 성벽을 따라가면서 성가퀴를 꼼꼼하게 살피던 두 사람 중 먼저 이상한 점을 발견한 것은 육중창이었다.

"여기."

한쪽 무릎을 꿇은 육중창이 가리킨 곳은 성가퀴의 돌 틈 사이에 잡초처럼 끼어있는 긴 머리카락이었다. 손가락으로 머리카락을 조심스럽게 뽑은 육중창 옆에서 이종원이 성가퀴를 자세히 들여다봤다.

"돌 모서리에 피가 묻어있어."

성가퀴에 몸을 기댄 육중창이 고개를 내밀어 바깥을 내려다봤다.

"시신이 발견된 곳이 바로 저기야. 여기서 시신을 던진 거 같아. 그러다가 뒤통수가 살짝 돌에 부딪치면서 피가 묻었고, 머리카락이 끼어버린 거지."

육중창과 이종원은 마치 약속이나 한 것처럼 시신을 잡고 밖으로 던져버리는 손짓을 했다. 육중창이 손가락에 감아놓은 피 묻은 머리카락을 만지작거렸다.

"피가 묻어 있는 것도 그렇고 길이도 죽은 여인이랑 비슷해."

"그럼 성 안쪽이겠군."

"맞아. 그것도 먼 거리는 아니었을 거야."

"정동 쪽부터 뒤져볼까?"

육중창의 제안에 이종원이 웃었다.

"좋지. 그쪽 경수소도 알아보자고."

정동 쪽으로 향한 두 사람은 중간에 있는 경수소에 들렀다. 그곳을 지키던 갑사와 동네 주민들 역시 밤중에 본 것은 없다고 고개를 저었다. 두 사람의 거듭된 추궁에 사실 바람이 심하게 불어서 밖에 제대로 서 있지 못했다고 털어놨다. 그렇게 경운궁이 있는 근처까지 내려오던 두 사람의 앞을 한 선비가 가로막았다. 오랜 포도청 생활로 이상한 낌새를 느낀 두 사람은 각각 철릭의 소매와 뒤춤에서 쇠도리깨와 육모 방망이를 꺼냈다.

"웬 놈이냐?"

이종원의 물음에 한 걸음 다가온 선비가 자신을 소개했다.

"나는 형조참의 정약용이라고 하네."

"혀, 형조참의요?"

놀란 이종원이 말을 더듬거렸다. 형조참의는 정3품으로 판서와 참판 다음으로 높은 자리였다.

"자네들이 우포청 군관 육중창과 좌포청 군관 이종원인가? 포도청에 갔더니 돈의문으로 갔을 거라고 해서 왔네만."

"마, 맞습니다. 제가 육중창이고 이 사람이 이종원입니다. 정말 정약용 나리가 맞으십니까?"

"맞네. 나에 대해서 아는가?"

"곡산 부사로 있을 때 유달리 사건을 잘 해결했다는 말씀은 들었습니다."

"맞아. 그것 때문에 형조참의로 임명되어서 규장각에 처박혀 있지."

"네?"

육중창의 반문에 정약용이 수염을 쓰다듬으며 대답했다.

"전하께서 사형 판결을 받은 죄인들의 사건을 다시 재조사하라고 지시하셔서 말이야."

어안이 벙벙해진 이종원이 물었다.

"그나저나 무슨 일로 우리를 찾아오셨습니까?"

"주막에서 술이나 한잔 하면서 얘기할까? 마침 출출하기도 해서 말이지."

앞장 선 정약용이 천천히 정동 거리를 걸었다. 육모 방망이를 철릭의 뒤춤에 꽂은 육중창이 중얼거렸다.

"무슨 일이지?"

쇠도리깨를 소매에 집어넣은 이종원은 고개를 갸웃거렸다.

"모르지. 일단 가보자고."

정약용이 두 사람을 데리고 간 곳은 정동 중간에 자리 잡은 국밥집이었다. 커다란 솥에 선지와 콩나물이 든 해장국을 팔고 있었는데 정약용은 뒷마당에 있는 평상에 앉아 국밥과 탁주를 주문했다. 머리를 틀어 올린 주모가 주문한 국밥과 탁주를 가져오자 정약용이 두 사람에게 말했다.

"여기 깍두기가 일품이지. 출출할 테니 일단 배들 먼저 채우게."

온종일 포도청과 돈의문을 오가느라 배가 고팠던 육중창은 일단 배부터 채우자는 심정으로 숟가락을 들었다. 국밥을 먹고 탁주로 입가심을 한 이후에야 정약용이 입을 열었다.

"자네들 도움이 필요해서 왔다네."

"형조참의께서 우리들한테 말입니까?"

얼떨떨한 표정을 지은 이종원의 물음에 정약용이 고개를 끄덕거렸다.

"자네들이 얼마 전에 해결한 의열궁 기와 도난 사건 때문일세."

"그건 범인인 방인득을 잡아서 끝나지 않았습니까? 기와도 회수했고 말입니다."

"물론 표면적으로는 그렇지. 하지만 조사를 하다 보니 의심스러운 점들이 몇 가지 발견되었네. 우선."

숟가락을 내려놓은 정약용이 주변을 슬쩍 돌아보면서 덧붙였다.

"방인득이 복이에게 의열궁의 기와를 먼저 요구했다는 점일세."

"그놈이 먼저 달라고 한 겁니까?"

"맞네. 궁가의 물건들은 함부로 사고팔면 불경죄로 더 큰 곤경을 치를 수 있어. 그런데도 먼저 기와를 요구했다네. 거기다 노름빚이 쌓일 때까지는 별다른 재촉도 하지 않았다가 말이야."

정약용의 얘기를 들은 육중창이 기억을 더듬었다.

"방가네 집을 가봤는데 노름빚을 기다려 줄 정도로 여유롭지는 않아보였습니다."

"거기다 훔친 기와 중에 절반은 없어진 상태였네. 어디에 숨겼는지 추궁하고 있지만 아직까지 자복을 하고 있지 않아. 그러다가 놀라운 사실을 하나 알게 되었네."

"뭘 말입니까?"

반찬으로 나온 나물을 젓가락으로 집어먹던 이종원의 물음에 정약용이 눈빛을 반짝거렸다.

"복이가 우연찮게 방인득에게서 기와를 사러 온 자를 만났는데 수염이 없었다고 하더군."

"그럼 내시 아닙니까?"

"맞아. 하지만 현직 내시가 그런 위험한 짓을 저지를 리는 없지 않은가."

"누구였습니까?"

육중창의 물음에 정약용이 한숨을 쉬었다.

"오독수라는 전직 내시일세."

"궁에서 쫓겨났습니까?"

"전하께서 즉위할 당시 노골적으로 방해를 하던 환관 세력들 중 하나일세. 전하께서 그 사실을 아시고 멀리 영암으로 유배를 보냈지."

"그런데 어찌 한양에 나타나서 의열궁의 기와를 사들인 겁니까?"

"유배지인 영암에 사람을 보내서 알아보라고 했네. 확실한 건 그자가 왕실에서 쓰는 기와를 훔친 배후라는 점이지. 그 자에게는 오독민이라는 의붓형이 있었는데 그 역시 임금의 즉위를 방해하다가 처형을 당했다네."

정약용의 말을 들은 육중창이 젓가락을 내려놨다.

"의붓형이 처형당하고, 자기는 유배를 간 전직 내시가 왕실에서 쓰는 기와를 손에 넣었다는 말씀이시군요."

"현재까지 밝혀진 사실은 그 정도야."

"오독수의 행방은 찾았습니까?"

"중부 견지방에서 체포되었네. 꽤 큰 기와집에서 지내고 있었지."

정약용의 얘기를 들은 이종원이 어이가 없다는 표정으로 묻는다.

"죄인이 유배지를 벗어나서 한양으로 돌아와서 지내고 있었다 말입니까? 그것도 모자라서 의열궁의 기와를 사들였고요."

"보통 심각한 일이 아니라고 주상전하께서도 심히 염려하고 계시네. 그래서 나에게 은밀히 사건을 조사하라고 지시를 내리셨지. 그런데 나 혼자서는 아무래도 한계가 있어서 자네들에게 도움을 요청하러 온 걸세."

정약용의 얘기를 들은 두 사람은 서로의 얼굴을 바라봤다. 육중창과 눈빛으로 얘기를 주고받은 이종원이 먼저 입을 열었다.

"저희를 도와주시면 저희도 돕겠습니다."

"뭘 도와주면 되겠는가?"

이종원 대신 육중창이 나서서 설명했다. 육중창에게 자초지종을 들은 정약용이 생각에 잠겼다.

"일단 검시장식[5]을 봐야 하겠지만 정황증거로 확인할 수 있는 게 몇 가지 있군. 죽은 여인의 손이 깨끗하다고 했지?"

"네."

육중창의 대답에 정약용이 말했다.

"자네 얘기대로 첩일 수도 있지만 주인마님을 모시는 안잠자기일 수도 있어. 그리고 매달린 흔적이 있다면 그건 집 안에 정자가 있다는 뜻일세."

"정자요?"

"죽은 여인의 키가 다섯 자 정도라고 했지?"

"그렇습니다."

"죽은 여인에게 저항한 흔적이 없다는 건 발이 땅에서 떨

5. 검시장식(檢屍狀式) : 형정상(刑政上) 필요한 시체의 사인(死因)에 대한 의원의 의견서.

어진 채 붙잡혀있었다는 걸 의미하네. 보통 집의 대들보라면 그 정도 높이는 안 나와."

"대청이면 가능하지 않겠습니까?"

육중창의 물음에 정약용이 고개를 저었다.

"자네라면 매일 왔다 갔다 하는 곳에서 피를 보고 싶겠나? 사랑채나 안채의 대청은 트여 있어서 비명소리가 날 거야."

"그럼 큰 집 중에서도 정자가 있을 만한 곳을 찾아보면 되겠군요."

"거기에 집 주인이나 주인 아들이 사냥을 좋아하거나 무예에 관심이 있어야만 하지."

"그건 또 왜 그렇습니까?"

듣고 있던 이종원이 끼어들자 정약용이 설명을 했다.

"활이나 환도 같은 건 웬만한 집에 다 있지만 창은 다르지. 길어서 보관하기가 어렵고, 쓸 수 있는 용도도 한정적이야. 돈이 많다고 장만하는 건 아니니까 분명 무예를 익히거나 혹은 사냥에 쓰기 위해서 가지고 있을 것이야."

"그럼 돈의문 안쪽의 기와집을 집중적으로 탐문해보도록 하겠습니다. 집에 정자가 있고, 주인이나 주인 아들이 사냥을 좋아하거나 무예를 익히는지 말입니다."

"인정과 파루 사이에 남의 눈에 안 띄게 움직였다면 분명 멀리서 오지는 못했을 것이네. 그리고 경수소 앞을 지나지도 않았을 것이니 그것까지 참고하면 살인이 일어난 장소를 찾을 수 있을 것이야."

애기를 마친 정약용이 술잔에 남은 탁주를 쭉 들이켰다.

"본래 술을 좋아하지는 않지만 안 마실 수가 없지."

담담한 표정으로 술잔을 내려놓은 정약용이 말했다.

"범인을 잡은 이후에는 내 일을 도와주게."

"물론이죠. 며칠만 기다려주십시오."

이종원이 자신 있게 말하며 앞에 있던 술잔을 들었다.

다음 날, 육중창과 이종원은 좌·우 포도청의 포졸들을 이끌고 돈의문으로 향했다. 어느 곳을 중점적으로 기찰해야 할지를 알려줬다. 사방으로 흩어진 군관들을 보면서 뒷짐을 진 육중창이 이종원에게 말했다.

"찾을 수 있겠지?"

"이 근방의 기와집이면 많지 않으니까, 거기다 정자까지 있는 것은 손에 꼽을 거야."

두 시각 정도가 지날 무렵, 경운궁으로 내려간 포졸 무리들이 헐레벌떡 뛰어왔다.

"나리."

"찾았느냐?"

육중창의 물음에 포졸 중 한 명이 숨을 헐떡거렸다.

"한 곳이 조사를 거부하고 있습니다."

"어디가?"

"언덕 위에 있는 병조판서 공두서 대감 댁입니다."

고개를 조아리는 포졸의 말에 육중창은 이종원을 바라봤다.

"병조판서면 포도대장보다 품계가 높지?"

"정2품이잖아."

고개를 절레절레 흔든 이종원이 숨을 헐떡거리는 포졸에게 말했다.

"앞장서라."

포졸을 따라 간 정동의 언덕 위쪽에 커다란 기와집이 보였다. 솟을대문 앞에는 포졸들이 모여 있었고, 노비들로 보이는 자들이 앞을 막아서는 중이었다. 육중창이 다가가자 포졸들이 씨근덕거리며 물러났다. 육모 방망이를 꺼내서 손에 쥔 육중창이 말했다.

"근처에서 벌어진 살인사건을 조사하는 중이다. 집 안을 살펴봐야 하니 물러나라."

나지막하게 얘기하는 육중창의 말에 노비들이 웅성거리며 슬슬 물러났다. 그때 하늘색 중치막을 입은 청지기가 앞을 막아섰다.

"여기가 누구 댁인지 알고 행패를 부리는 것이오!"

"병판 대감 댁이라는 얘기는 들었네. 하지만 살인사건을 조사하려고 하는 것이니 협조하게."

육중창의 얘기에도 청지기는 물러나지 않았다.

"어찌 혐의도 없는데 문을 열라고 하는 거요? 절대 아니 되오."

입씨름이 계속되는 사이, 대문이 열렸다. 그리고 바지저고리에 망건도 쓰지 않은 젊은 선비가 모습을 드러냈다. 그가 나오자 청지기와 노비들이 일제히 고개를 조아렸다. 창백한 얼굴의 젊은 선비가 손짓을 하자 청지기가 다가와서 귓속말을 했다. 그 사이, 이종원이 육중창의 팔을 쳤다.

"저기."

이종원이 가리킨 곳은 젊은 선비의 손이었다. 직선으로 뻗은 긴 검을 쥐고 있는 게 보였다.

"사인검(四寅劍-인년, 인월, 인일, 인시에 만드는 검으로 주술적인 의미를 가진 검) 같은데."

둘이 얘기를 주고받는데 갑자기 청지기를 밀친 젊은 선비가 다가와서는 검을 크게 휘둘렀다. 포졸들이 놀라서 비명을 지르는 와중에 육중창의 목덜미에 칼날이 닿았다.

"감히, 군관 나부랭이가 우리 집에 들어오겠다고?"

"근처에 살인사건이 벌어져서 조사를 하는 중입니다."

"우리 집은 그런 일이 없으니 썩 물러가라."

육중창이 애써 화를 누르며 대답했다.

“한번 훑어보기만 하겠습니다. 예외를 둘 수 없는 문제이니 양해바랍니다.”

“이놈이! 감히!”

갑자기 흥분한 젊은 선비가 사인검을 치켜들고 내리치려고 하자, 옆에 있던 이종원이 쇠도리깨를 꺼내 머리 위로 떨어지는 검을 막았다. 젊은 선비가 힘을 줬지만 이종원은 간단하게 쇠도리깨를 옆으로 비틀어서 사인검을 바닥에 떨어뜨렸다.

“넌 또 뭐야!”

“우포청 군관 이종원입니다. 이 사람은 좌포청 군관 육중창이고 말입니다. 어제 모화관 앞에서 젊은 여인의 시신이 발견되었습니다. 근처를 조사하던 중에 이 집을 찾게 되었습니다.”

땅에 떨어진 사인검을 집어든 젊은 선비가 고래고래 소리를 질렀다.

“우리 아버지가 누군지 아느냐? 내 아버지에게 고해서 네 놈들의 목을 칠 것이다.”

육중창이 뭐라고 말을 하려고 하자 돌아선 선비가 옆으로 물러난 청지기의 멱살을 잡았다.

“쫓아내라.”

그리고는 대문을 닫고 안으로 들어갔다. 구겨진 중치막의 옷깃을 매만진 청지기가 바닥에 침을 뱉었다.

"보셨수? 우리 도련님이 화를 내면 아무도 못 말린다고. 그러니까 좋은 말 할 때 가쇼."

가라는 손짓을 한 청지기가 노비들을 돌아봤다. 그러자 우르르 몰려온 노비들이 포졸들과 두 군관을 밀어냈다. 방금 젊은 선비의 성질머리를 본 포졸들은 힘없이 밀려났다. 보다 못한 육중창이 대문 앞에 버티고 선 청지기에게 물었다.

"그럼 물어나 보겠네. 혹시 이 집에 사는 첩이나 안잠지기 중에 없어진 사람이 있는가?"

"없소이다. 귀찮게 하지 말고 물러나쇼."

그러자 옆에 있던 이종원이 말리는 노비의 손길을 뿌리치고 청지기에게 다가갔다. 흠칫 놀란 청지기가 뒷걸음질을 치다가 대문에 등이 닿았다.

"주인의 위세를 믿고 설치는 모양인데, 그러다가 내 쇠도리깨에 머리가 깨진 청지기가 한둘이 아니야."

이종원이 쇠도리깨를 빙빙 돌리면서 협박을 하자 청지기가 마른 침을 삼켰다. 그러면서 씩 웃었다.

"당신들 목이나 걱정하시구려."

밀려났던 노비들이 다시 이종원을 잡고 밖으로 밀어냈다. 떠밀리는 이종원을 붙잡아 준 육중창이 노비들을 노려봤다.

그러다가 이종원에게 말했다.

"봤어?"

"뭘?"

"노비들 바지에 피가 묻어있어."

육중창의 얘기를 들은 이종원이 방금 자신을 떠민 노비들에게 물었다.

"피가 왜 묻은 것이냐?"

이종원의 물음에 노비들이 돌아봤다. 그때, 지켜보던 청지기가 끼어들었다.

"뭣들 해! 어서 들어가. 어서!"

청지기가 노비들을 데리고 대문 안으로 들어갔다. 빗장을 치는 소리가 들렸다. 분에 못 이긴 육중창이 굳게 닫힌 대문을 향해 주먹을 불끈 쥐었다.

"우리가 이대로 포기할 줄 알아? 두고 보라고!"

씩씩거리는 육중창의 팔을 이종원이 잡았다.

"그만 열 내고 포도청으로 돌아가서 포도대장께 고하고 처리해야 할 일 같아."

두 사람은 일단 서린방에 있는 우포청으로 향했다. 어쨌든 이번 살인사건의 관할이기 때문이었다. 두 사람이 포도청으로 들어서자 대청에 좌·우 포도대장이 나란히 앉아있는 게 보였다. 그쪽으로 걸어가려던 육중창은 그 앞에 서 있는 포도부장 이세명을 보고는 눈살을 찌푸렸다. 두 사람을 본 이세명이 앞을 막아선 채 물었다.

"어딜 갔다 오는 것이냐?"

"돈의문 안쪽의 집들을 기찰했습니다."

육중창이 심드렁하게 대꾸하자 이세명이 혀를 찼다.

"무뢰배나 왈짜들을 탐문해야지 왜 집들을 뒤지는 것이냐? 안 그래도 포졸들이 불시에 들이닥쳐서 뒤지는 바람에 항의가 여럿 들어온 참이다."

"여인이 죽은 장소가 돈의문 안쪽의 커다란 기와집이기 때문에 그랬소이다."

"어허, 답답하구나. 시신이 성 밖 모화관 앞에서 발견이 되었는데 어찌 성 안을 뒤진단 말인가!"

목소리를 높인 이세명에게 육중창이 대답했다.

"모화관 근처 성가퀴에서 피 묻은 머리카락과 핏자국을 발견했습니다. 성 밖에서 죽였다면 굳이 성벽 근처에서 눈에 잘 띄는 모화관 앞에 버릴 리가 있겠습니까? 성저십리[6]만 벗어나면 포도청에서도 손을 쓸 수 없는데 말입니다."

육중창이 조목조목 반박하자 말문이 막힌 이세명이 두 포도대장에게 말했다.

---

6. 성저십리(城底十里) : 조선 시대 당시 한성부에 속한 성외(城外) 지역으로, 한성부 도성으로부터 4km(10리) 이내의 지역이다.

"소신이 직접 이 사건을 해결하겠습니다. 믿고 맡겨주십시오."

이종원이 놀라서 바라보는 가운데 육중창이 목소리를 높였다.

"이미 저와 이 군관이 사건을 조사 중입니다."

"그래서? 듣자하니 병조판서의 집에 들이닥쳐서 분란을 일으켰다고 들었다. 제정신이냐?"

이세명의 호통에 육중창이 답답하다는 표정을 지으며 우포도대장을 바라봤다. 의자에 앉아있던 우포도대장은 헛기침을 하며 눈길을 피했다. 기세등등해진 이세명이 육중창을 향해 손가락질을 했다.

"사건에서 손을 떼고 자중하라."

"아니 됩니다."

"아니 되다니? 지금 포도대장의 명을 어기겠다는 것인가!"

혀를 찬 이세명이 포도대장들을 바라봤다.

"보십시오. 병조판서 대감 댁을 허락도 없이 들이닥치려고 한 것도 모자라서 명을 어기기까지 하지 않습니까? 똑똑하고 유능하기는 하지만 그 때문인지 기세가 하늘을 찌를 듯 건방집니다."

우포도대장이 딴청을 피우는 와중에 좌포도대장이 이세명에게 물었다.

"빨리 해결할 수 있는 방법이 있는가?"

"간단합니다. 서대문 밖에 있는 무뢰배나 왈짜패들을 잡아다 족치면 되지 않겠습니까? 저에게 맡겨 주시면 며칠 이내에 범인을 잡아다 대령하겠습니다."

"전하께서 빨리 해결하라는 불호령을 내리셨네. 우리 좌포청도 협력할 것이니 서두르게."

"염려 마십시오."

의기양양하게 대답한 포도부장 이세명이 두 사람을 바라봤다.

곧장 우포청을 나온 두 사람은 피맛골의 선술집으로 향했다. 대청 앞에 부뚜막을 만들어놓고 술을 파는 선술집에는 궁궐에서 일하는 별감부터 한량들이 술 한 잔에 안주 하나를 집어먹는 식이었다. 하지만 기세등등하게 밀어닥친 두 사람이 아무 말 없이 술만 마시자 별감부터 다른 손님들 모두 그 기세에 눌려 슬금슬금 멀어졌다. 삼해주를 한 잔 마시고 기운을 차린 이종원이 여전히 씩씩거리는 육중창을 달랬다.

"이런 일이 한두 번도 아니고 참아."

"아무리 그래도 사람이 죽었는데 해결할 생각은 안 하고 자기 자리를 지키는 데만 열중하고 있잖아."

"어떻게 올라간 자리인데 당연한 거 아니겠어?"

"당연하다고?"

육중창이 목소리를 높이자 이종원이 낮은 목소리로 대꾸했다.

"이름도 모르는 계집의 목숨보다는 소중하다고 생각하지 않겠어?"

"그러고 보니 죽은 여인의 이름도 모르고 있군."

"어쩌면 영원히 모를지도 몰라."

이종원의 얘기를 들은 육중창이 소반 위에 술잔을 내려놓으며 짜증을 냈다.

"처참하게 죽은 것도 모자라서 이렇게 잊히다니."

"그래서, 더 캐 볼 생각이야?"

"캐다니?"

육중창의 반문에 이종원이 젓가락으로 조기 한 조각을 집으며 말했다.

"이번 사건 말이야."

"당연하지. 이걸 왜 포기해?"

"위험할 수도 있어."

"포도청 군관이 목숨 걱정을 해?"

육중창의 비아냥에 이종원이 고개를 저었다.

"그런 뜻이 아니잖아. 좌·우 포도대장들이 모두 이세명의 손을 들어줬으니 진짜로 위험할 수 있다는 뜻이야."

이종원의 얘기를 들은 육중창이 한숨을 쉬었다.

“나도 몸을 사리고 싶지만 꿈속에서 억울하게 죽은 여인이 나와. 도저히 그냥 넘어갈 수가 없단 말이야.”

“나랑 비슷하네. 각오는 된 거지?”

육중창이 대답 대신 고개를 끄덕거리자 입 안에 넣은 조기를 오물거려서 삼킨 이종원이 말했다.

“내일 새벽에 창덕궁 금호문 앞에서 봐.”

“거긴 왜?”

“형조참의를 만나서 도와달라고 해야지.”

“정약용 말인가?”

“그래, 지금으로서는 그 사람이 우리의 유일한 희망이야.”

이종원의 얘기를 들은 육중창이 다시 마시던 술잔을 내려놨다.

“내일 보세.”

다음 날 새벽, 창덕궁에 입궐하는 관리들이 탄 가마와 말들이 금호문 앞에 속속 도착했다. 문 옆에 서서 들어가는 관리들을 유심히 바라보던 육중창과 이종원은 길게 하품을 했다. 그때 이종원이 육중창의 옆구리를 찔렀다.

“저기.”

붉은색 관복 차림의 정약용이 말에서 내리는 모습이 보였다. 둘은 말에서 내려 관모를 만지작거리는 그의 앞에 섰다. 인기척 소리를 듣고 고개를 돌린 정약용이 두 사람을 보고 깜짝 놀랐다.

"아침 일찍부터 웬일인가? 벌써 사건이 해결된 건가?"

"사실 그것 때문에 찾아뵌 것입니다."

두 사람의 표정을 살핀 정약용이 금호문 쪽을 바라봤다.

"경연 때문에 서둘러 들어가야 하네. 기다릴만한 곳이 있는가?"

정약용의 물음에 육중창이 대답했다.

"하마비동(下馬碑洞)어귀에 있는 마계전(馬契廛)에서 기다리고 있겠습니다."

"알겠네."

정약용이 금호문 안으로 사라지자 한숨 돌린 두 사람은 마계전이 있는 곳으로 발걸음을 돌렸다. 마계전은 말을 빌려주는 곳으로 주로 하급관리나 한양의 여염집, 그리고 궁녀들이 주로 사용했다. 말이 워낙 고가이고, 관리하는데 손이 많이 갔기 때문에 빌리는 경우가 많아져서 마계전이 생겨나게 된 것이다.

가장 큰 손님들이 관리들이나 양반들이기 때문에 마계전은 주로 궁궐 근처에 있었다. 하마비동에 있는 마계전 역시 마찬가지였다. 김씨 성을 가진 마계전 주인은 육중창이 이종원과 함께 들어서자 한걸음에 달려가서 고개를 조아렸다. 예전에 도둑맞은 말을 찾아준 적이 있었기 때문이다. 육중창이 조용한 방을 반나절만 빌리자고 하자 마계전 주인은 마구간과 제일 멀리 떨어진 작은 방으로 두 사람을 안내했다.

그곳에서 자리를 잡고 기다리는데 점심 무렵이 되자 정약용이 찾아왔다. 방으로 들어선 그는 자리에 앉자마자 물었다.

"무슨 문제라도 생긴 건가?"

육중창이 조심스럽게 입을 열었다.

"살인이 벌어진 장소를 수색하던 중에 병조참판 공두서 대감 댁을 찾았습니다. 그런데 공 대감 아들이 칼을 들고 위협을 가하고 노비들을 시켜서 대문을 막았습니다."

"뭐라고? 공두서 대감의 아들이 말인가?"

"그렇습니다. 거기다 손에 사인검을 들고 있었습니다. 죽은 여인의 팔과 다리에 난 상처는 환도가 아니라 사인검이나 죽장도 같은 날붙이에 의해 난 상처입니다."

"그것만 가지고는 부족하네."

정약용이 고개를 젓자 이종원이 끼어들었다.

"우리를 막던 노비들의 옷에 피가 묻어있는 걸 봤습니다. 어디서 묻은 피냐고 묻자 청지기가 나서서 대답을 막고는 문을 닫아버렸습니다. 돈의문 부근의 기와집들은 다 살펴봤는데 정자가 있거나 소리가 안 들릴 정도로 큰 집은 딱 하나

밖에 없었습니다."

"공 대감 댁 말이로군."

"그렇습니다. 언덕 위에 있고 담장이 높아서 밖에서는 안을 볼 수 없습니다. 거기다 기를 쓰고 집 안으로 들어오지 못하게 하는 게 참으로 이상했습니다."

"갑자기 들이닥쳐서 그런 것 아닐까?"

정약용의 물음에 육중창이 고개를 저었다.

"지금까지 수백 채의 집을 조사했지만 이렇게 강경하게 막아서는 건 드뭅니다. 보통은 성질을 내다가도 문을 열어줬습니다. 범인으로 몰리거나 조사에 협조하지 않는다는 누명을 쓰기 싫어서 말입니다. 강경하게 막아서거나 절대로 못 보여주겠다고 하는 쪽이 바로…."

육중창의 말을 이종원이 이어받았다.

"범인이었습니다."

두 사람이 번갈아가면서 털어놓은 얘기를 듣던 정약용이 곰곰이 생각에 빠졌다가 입을 열었다.

"만약 그 집을 뒤진다면 범인을 찾을 수 있겠는가?"

서로 눈치를 보던 두 사람 중 육중창이 먼저 말했다.

"그 집 밖에는 없습니다. 거기다 공두서 대감의 아들이 보인 모습도 여러모로 의심스럽고 말입니다."

이종원 역시 같은 생각이라며 거들자 정약용은 한동안 생각에 잠겼다.

"만약 일이 잘못될 경우 크게 화를 입을 수 있네. 파직 정도로는 끝나지 않을 수도 있다는 말일세."

정약용의 얘기에 육중창이 무거운 목소리로 대꾸했다.

"그 정도는 각오하고 있습니다."

이종원 역시 옆에서 거들었다.

"지금 포도부장이 성 밖의 무뢰배나 왈짜패를 잡아들여서 죄를 뒤집어씌우려고 하고 있습니다. 나쁜 놈들이긴 하지만 자기가 저지른 죄로 처벌을 받아야지 누명을 씌울 수는 없습니다."

두 사람의 얘기를 묵묵히 들은 정약용이 말했다.

"알겠네. 일단 가서 기다려보게."

우포청으로 돌아온 육중창은 분위기가 심상치 않은 것을 느끼고는 지나가는 포졸에게 물었다.

"무슨 일이야?"

"아이고, 말도 마십시오. 돈의문 밖에 있는 무뢰배랑 왈짜패들을 닥치는 대로 끌고 와서는 형신을 가하고 있습니다요."

혀를 찬 포졸의 말에 육중창은 고개를 절레절레 저었다. 그때, 동료 군관이 그를 보고는 다가왔다.

"부장이 찾아."

"어디서?"

육중창의 물음에 군관이 턱으로 감옥 쪽을 가리켰다.

"저기."

일단 상관을 만나는 것이라서 옷매무새를 확인하고 감옥 쪽으로 향했다. 외부에 있는 전옥서와는 달리 우포청 안에 있는 감옥은 형신을 할 죄인들을 가두는 곳이었다. 그래서인지 감옥은 마당이 넓은 편이었다. 문을 열고 들어서자마자 비명소리와 신음소리, 그리고 살이 타는 냄새가 밀려왔다. 마당에는 십여 명의 무뢰배들이 형틀에 묶여서 고문을 당하는 중이었다. 그들 앞에 서 있던 포도부장 이세명이 거만한 눈빛으로 바라봤다.

"어딜 갔다 오는 건가?"

"외부에 조사할 일이 있어서 나갔다 왔습니다."

심드렁하게 대꾸한 육중창에게 이세명이 말했다.

"붙잡아 온 죄인들을 문초 중이네. 자네가 맡아서 범인을 찾아내게."

이세명의 지시를 받은 육중창이 그를 똑바로 쳐다봤다.

"그걸 왜 제가 합니까?"

"뭐라고?"

이세명이 화가 잔뜩 난 표정으로 바라봤다. 분위기가 심상치 않아지자 주변의 포졸들의 이목이 모두 두 사람에게 향했다.

"감히 내 명을 거역하겠다는 것이냐!"

이세명이 한 발 앞으로 다가오면서 윽박질렀다. 하지만 육중창은 꼼짝도 않고 서서 반박했다.

"돈의문 밖의 무뢰배들과 왈짜들을 잡아들이라고 한 것은 부장님이셨습니다. 그런데 굳이 수많은 군관들 중에서 저를 지목한 이유가 무엇입니까?"

"내가 지시하면 너는 들으면 되는 것이야!"

"그게 아니죠. 혹시나 문제가 생기면 저에게 뒤집어씌울 요량 아니었습니까? 반대로 일이 잘 풀리면 본인의 공로라고 할 것이고 말입니다."

"네 놈이 감히 부장에게 항명을 하다니!"

으름장을 놓는 이세명에게서 눈을 뗀 육중창은 형틀에 묶여서 헐떡거리는 무뢰배들을 봤다. 하나같이 억울하다는 표정을 짓고 있었다. 그걸 본 육중창이 한 걸음 앞으로 나아갔다.

"범인이 저 안에 있다고 확신하시는 부장님께서 찾아보시죠. 저는 못 합니다."

육중창의 말에 이세명은 주먹을 쥔 채 어쩔 줄 몰라 했다. 부하들 앞에서 대놓고 항명을 당한 셈이니 자존심이 무너졌을 것이다. 하지만 누군가의 얄팍한 술수 때문에 애꿎은 사람이 고통을 받는 걸 지켜볼 수는 없었다. 그렇게 한창, 대치 중인데 종사관이 들어왔다. 심상치 않은 분위기에 잠시 주저하던 종사관이 이세명과 대치하고 있던 육중창에게 말했다.

"포도대장께서 찾고 있네."

"알겠습니다."

한숨을 쉬며 돌아선 육중창에게 이세명이 말했다.

"오늘 일은 절대 잊지 않으마."

"기억하십시오. 자신의 출세를 위해 죄 없는 사람들을 데려다가 형신을 가했던 날로 말입니다."

지지 않고 응수한 육중창은 종사관에게 끌려서 감옥 밖으로 나왔다. 앞장 선 종사관이 슬쩍 물었다.

"자네, 형조참의와는 어떻게 알게 된 건가?"

"정약용 영감 말입니까?"

"그래, 방금 전에 들이닥쳤어. 좌포도대장도 곧 올 모양이야."

일이 어떻게 돌아간 것인지 대략 눈치를 챈 육중창은 빙그레 웃었다. 대청에는 우포도대장과 정약용이 나란히 앉아있었다. 원래 포도대장의 품계가 종2품이고 참의는 정3품이었다. 하지만 왕이 정약용을 총애한다는 사실은 하늘이 알고 땅도 알았다. 그래서인지 우포도대장은 쩔쩔매는 표정을 감추지 못했다. 그 모습을 보고 쓴 웃음을 짓고 있는데 때 맞춰서 이종원이 모습을 드러냈다.

육중창을 본 이종원이 다가와서 속삭였다.

"임 노인이 단서를 또 찾았어."

"무슨 단서?"

육중창의 물음에 이종원이 손가락을 보여줬다. 손가락 중간에 가느다란 실이 감겨있는 게 보였다.

"이거야?"

"응, 가슴에 창으로 찔린 상처 안에서 발견한 거래. 처음에는 머리카락인 줄 알았는데 피를 닦아보니까 실인 걸 확인했지."

"그게 단서가 된다고?"

"자세히 보면 무슨 색으로 염색했는지 보일 거야."

이종원의 말대로 가만히 들여다본 육중창이 중얼거렸다.

"노란색이군."

"맞아. 죽은 여인은 창에 찔릴 때 노란색 저고리를 입고 있었어."

두 사람이 단서에 대한 얘기를 주고받는 사이, 좌포도대장이 도착했다. 그가 도착하자 의자에서 일어난 정약용이 말했다.

"방에서 얘기하시지요."

품계가 낮긴 했지만 상대방이 정약용인지라 다들 아무 소리 못하고 방으로 들어갔다. 정약용이 뜰에 서 있는 두 사람에게도 말했다.

"자네들도 들어오게."

방으로 들어간 두 사람이 문가에 서서 고개를 조아렸다. 그러자 우포도대장이 말했다.

"차를 한 잔 하시겠소?"

"괜찮습니다. 전하께서 친히 살펴보라고 하셔서 온 것이니 바로 말씀드리겠습니다."

더없이 딱딱한 말투로 얘기하는 정약용을 본 두 포도대장이 마른 침을 삼켰다. 관복자락을 매만진 정약용이 날카로운 눈으로 두 포도대장을 응시했다.

"얼마 전에 모화관 근처에서 여인의 시신이 발견되었다고 들었소이다."

눈치를 보던 두 포도대장들 중에서 우포도대장이 먼저 입을 열었다.

"그렇소이다. 지금 포청에 용의자들을 잡아서 문초 중이니 곧 범인을 찾을 수 있을 것이오."

"용의자들은 누굽니까?"

"돈의문 밖에 있는 무뢰배들과 왈짜패들 중에 수상쩍은 자들을 잡아들였소이다."

"어허, 돈의문 안쪽에서 살인이 벌어졌다고 알고 있습니다. 그런데 어찌 성 밖에서 범인을 찾는다는 말입니까?"

"그, 그게."

우포도대장이 제대로 얘기하지 못하자 좌포도대장이 나섰다.

"그거야 시신이 성 밖에서 발견되었기 때문이지."

대답을 들은 정약용이 혀를 찼다.

"답답하십니다. 그곳에서 살인이 벌어지지 않았다면 살인이 벌어진 장소를 찾아서 탐문을 해야지요. 무뢰배들이 사람을 죽일 수는 있지만 그렇게 눈에 띄는 곳에 시신을 버렸겠습니까?"

"그래서 조사 중이외다."

우포도대장이 자존심을 지키려는 듯 뜻을 굽히지 않자 정약용의 표정이 굳어졌다.

"전하께서는 백성들이 억울한 일을 겪지 않을까 노심초사 밤새도록 촛불을 켜고 문서를 살피셔서 애체(靉靆-안경)를 쓰실 지경에까지 이르렀습니다. 그런데 도성의 치안을 책임지는 막중한 임무를 맡으신 두 분이 어찌 이렇게 무심하십니까?"

정약용의 책망이 어디서부터 비롯되었는지 짐작한 두 포도대장의 얼굴이 파랗게 질렸다. 우포도대장이 먼저 손사래를 쳤다.

"무심하다니, 말도 안 되는 억측이네."

"도성 지도가 있습니까?"

정약용의 말에 문가에 있던 육중창이 벽에 걸어놓고 서찰이나 문서를 꽂아두는 세간인 고비로 다가갔다. 그리고 둘둘 말려진 지도를 꺼내 탁자에 펼쳤다. 정약용이 손가락으로 돈의문 부근을 가리켰다.

"좌포청에 들려서 검시장식을 살펴본즉, 살인이 벌어진 장소는 돈의문 근처의 커다란 기와집이 분명합니다. 이곳에 대한 조사가 이뤄졌습니까?"

할 말이 없어진 두 포도대장이 입을 다물자 지도를 펼친 육중창이 말했다.

"어제 군관들을 풀어서 기찰을 했습니다. 딱 한 군데만 빼고는 모두 확인했습니다."

"그곳이 어딘가?"

"병조판서 공두서 대감 댁입니다."

"그것을 기찰하지 못한 이유는 무언가?"

"공두서 대감의 아드님이 칼을 뽑아들고 들어오지 못하게 막았습니다."

"그래서 살펴보지 못했군. 그럼 포도청에서는 어떤 조치를 취했는가?"

정약용의 물음에 육중창은 대답 대신 두 포도대장을 물끄러미 바라봤다. 당황한 두 포도대장 중 좌포도대장이 입을 열었다.

"확실하지도 않은데 고위 관료의 집을 무단으로 들이닥칠 수 없어서 말이외다."

"높은 관직에 있는 사람이 모범을 보여야 함에도 불구하고 그런 일이 벌어졌다니, 전하께서 크게 진노하실 거 같습니다. 억울한 자들이 없게 살펴봐 주시고 반드시 범인을 잡아서 처참하게 죽은 여인의 한을 풀어주십시오."

정약용이 임금을 거론하자 두 포도대장은 좌불안석이 되었다. 그 모습을 보고 애써 웃음을 참은 육중창이 이종원을 바라봤다. 이종원 역시 통쾌하다는 표정을 지었다. 정약용이 내일 다시 오겠다는 말을 남기고 떠나자 우포도대장은 급히 이세명을 불렀다. 밖에서 대기하고 있던 이세명은 곧장 들어왔다. 한숨을 쉰 우포도대장이 말했다.

"붙잡은 죄인들을 모두 풀어주게. 그리고 공두서 대감의 집을 수색해서 물증을 찾도록 해."

지시를 받은 이세명이 문가에 서 있는 두 사람을 노려봤다. 두 사람이 딴청을 피우자 아랫입술을 깨문 이세명이 말했다.

"내일 아침에 제가 직접 이끌고 가겠습니다."

이세명의 말에 육중창이 나섰다.

"내일이면 늦습니다."

"늦다니?"

이세명이 짜증난 표정으로 반문하자 이종원이 나섰다.

"소문이 돌면 증거를 없앨 수도 있습니다. 가급적 빨리 움직여야 합니다."

"증거도 없는데 왜 자꾸 그 집을 들이치려고 하는 건가?"

이세명의 호통에 육중창이 나섰다.

"그럼 부장님이 끌고 와서 고문하는 무뢰배들은 증거가 있어서 끌고 오신 겁니까? 저도 좀 보여주십시오."

육중창의 말에 이세명은 아무 말도 하지 못한 채 얼굴만 붉어졌다. 대화를 듣던 우포도대장이 입을 열었다.

"내일은 늦을 수 있으니 오늘 가도록 하게. 육 군관과 이 군관이 직접 통솔해서 빠짐없이 살피도록 해."

"알겠습니다."

기쁜 표정으로 대답한 육중창이 이종원을 바라봤다.

"그럴 줄 알고 포졸들을 데리고 왔지. 바로 갈 수 있어."

두 사람이 포졸을 이끌고 나타나자 청지기가 한 무리의 노비들을 이끌고 앞을 막아섰다.

"날파리들도 아니고 왜 온 거야?"

상황 파악을 못한 청지기의 거만한 모습에 육중창과 이종원은 서로를 바라보며 피식 웃었다.

육중창이 이종원에게 손을 내밀었다.

"쇠도리깨 좀 빌려줘."

"너무 세게 치지 마."

이종원이 소매에 넣어 둔 쇠도리깨를 건네며 말하자 육중창이 대답했다.

"염려 말라고."

쇠도리깨를 들고 다가오는 육중창을 본 청지기가 마른 침을 삼켰다.

"무슨 짓이오!"

육중창은 대답 대신 쇠도리깨를 내리쳤다. 흑립이 부서지면서 이마가 깨지는 소리가 들렸다. 비명을 지른 청지기가 대문을 등진 채 주저앉았다. 그러자 놀란 노비들이 육중창을 바라봤다.

"반항하는 놈은 다 대가리나 팔 다리가 부러질 줄 알아!"

육중창의 협박에 노비들은 슬슬 옆으로 물러났다. 쇠도리깨를 어깨에 멘 육중창이 대문을 활짝 열었다. 포졸들이 우르르 몰려 들어가는 가운데 이종원이 육중창에게 말했다.

"어때? 괜찮지?"

쇠도리깨를 돌려 준 육중창이 대꾸했다.

"손맛이 나쁘지 않네. 나도 하나 장만해야겠어."

사랑채 앞마당에 서서 사방으로 흩어진 포졸들이 수색을 하는 걸 지켜보던 두 사람은 뒷마당에서 소란스러운 소리가 들리자 그쪽으로 향했다. 잘 가꿔진 화계 사이의 문으로 들어간 육중창은 가볍게 감탄사를 날렸다.

"우와, 완전 별천지구만."

높다란 담장 안에는 작은 연못이 가운데 놓여 있었다. 연못에는 작은 정자가 있었고, 다리가 연결되어 있었다. 연못가에도 육각형 모양의 정자가 보였다. 연못에 있던 정자에서는 흑립을 쓴 선비들 몇 명이 술잔을 기울이고 있는 중이었다. 포졸들과 두 군관이 모습을 드러내자 지난번에 사인검을 들고 앞을 가로막았던 공두서 대감의 아들인 젊은 선비가 다리를 건너왔다. 그걸 본 육중창이 이종원에게 물었다.

"이름이 뭐라고 그랬지?"

"공규준."

터벅터벅 다리를 건너온 병조판서의 아들 공규준은 손에 부채를 움켜쥐고 두 사람 앞에 섰다.

"청지기 놈이 일을 제대로 안 했군."

"아니, 최선을 다했습니다. 그래서 머리가 깨졌지요."

이종원의 얘기를 들은 공규준의 얼굴이 일그러졌다.

"감히 선비들의 시회를 방해하고도 무사할 줄 아느냐?"

"시회는 그대로 즐기시지요. 우리는 조사만 하고 나갈 겁니다."

이종원의 대답을 조롱으로 느꼈는지 공규준이 부채를 번쩍 치켜들었다.

"우리 아버지가 누군지 알고!"

옆에 있던 육중창이 손으로 부채를 쳤다. 그리고 허공으로 날아간 부채를 보던 공규준에게 다가가 속삭였다.

"잘 알고 있죠. 그러니 이렇게 말로 하는 겁니다."

"하룻강아지 범 무서운 줄 모른다더니! 바로 네 놈을 두고 하는 말이렸다."

"오늘 조정에서 관리가 나왔습니다. 전하께서 이번 사건을 빨리 해결하라는 어명을 가지고 말입니다. 우리 앞을 막는 건 어명을 어기는 것과 같습니다."

얘기를 마친 육중창이 한 걸음 다가가자 공규준이 뒤로 물러났다. 육중창이 그런 공규준을 보며 덧붙였다.

"누가 하룻강아지입니까?"

육중창이 씨근덕거리는 목소리로 말하자 공규준이 씩씩거리며 뒤로 물러났다. 그런 공규준을 노려보던 육중창이 돌아서서 포졸들에게 말했다.

"머리 깨진 청지기랑 집안의 노복들을 모두 모아라."

지시를 내리고 돌아선 육중창에게 이종원이 구석을 가리켰다.

“저기 별채가 있어.”

연못이 있는 정원 구석에 담장으로 둘러진 별채가 보였다. 한쪽 끝이 누각처럼 올라가 있었는데 임 노인이 얘기한 것과 유사했다. 육중창은 앞장서 가는 이종원을 따라가면서 남은 포졸에게 지시를 내렸다.

“청지기랑 노비들을 끌고 저쪽으로 와.”

반쯤 열린 작은 문을 통해 안으로 들어서자 세 칸짜리 기와집에 한쪽 끝이 올라간 누각이 연결된 별채가 보였다. 계단을 밟고 누각에 오른 두 사람은 약속이나 한 듯 처마를 올려다봤다. 툭 튀어나온 새 날개 모양의 익공을 본 육중창이 중얼거렸다.

“사람 하나는 충분히 매달리겠는 걸?”

“그러고도 남지.”

짤막하게 대꾸한 이종원이 난간을 딛고 올라갔다. 그리고는 익공의 위쪽을 살펴보면서 말했다.

“딱 한 군데만 먼지가 안 쌓여있어.”

“여기에서 뭔가를 밧줄로 걸어놨군.”

이곳이라는 확신이 든 육중창과 이종원은 누각 주변을 돌아봤다. 그러다가 이종원이 육중창을 불렀다.

"여기."

난간 쪽을 살피던 육중창은 이종원의 속삭임에 고개를 돌렸다.

"뭐?"

"이쪽 벽."

손가락으로 종이가 발라진 벽을 툭 친 이종원이 덧붙였다.

"여기만 종이를 새로 발랐어. 왜 그랬을까?"

이종원의 물음에 육중창은 허리띠에 매달아 둔 장도를 꺼냈다.

"직접 알아보면 되겠네."

육중창이 장도로 벽에 붙인 종이를 그은 다음에 북북 찢어 버렸다. 새로 붙인 종이를 떼어내자 원래 있던 종이 위에 거무튀튀한 핏자국이 보였다. 핏자국을 살피고 있는데 포졸들이 청지기와 노비들을 끌고 왔다. 머리가 깨진 청지기는 하얀 천을 머리에 댄 채 끌려왔다. 육중창이 누각에서 내려다보며 지시를 내렸다.

"청지기랑 옷에 핏자국이 있는 놈들만 남겨놓고 모두 풀어 줘."

포졸들이 청지기를 옆으로 떠밀어놓고 노비들의 옷을 살펴보더니 네 명을 남겨 놨다. 육중창이 누각에서 내려와 부들부들 떨고 있는 노비들에게 다가갔다.

“옷에 왜 피가 묻어있는 거지?”

제일 먼저 질문을 받은 노비는 육중창의 시선을 피한 채 말했다.

“죄를 지어서 도련님에게 매를 맞았습니다.”

“너희들도?”

다른 노비들은 육중창의 물음에 이구동성으로 그렇다고 대답하며 고개를 끄덕거렸다. 그 사이 이종원이 누각의 바닥을 발로 쿵쿵 찼다. 기둥에 기댄 채 서 있던 청지기가 그 소리를 듣고 한마디 했다.

“도련님께서 아끼는 누각입니다. 그리 함부로 하시다가는 감당 못 할 일이 벌어질 겁니다.”

“내가 아는 목수들이 좀 있는데 말이야 우물마루를 만들지. 그런데 이렇게 발로 밟아보면 예전에 끼운 거랑 새로 끼운 거랑 알 수 있다고 했거든.”

이종원의 엉뚱한 대답에 청지기가 힘겹게 물었다.

“무슨 말씀이십니까?”

“내 생각에는 말이야. 여기 누각의 익공에 사람을 매달아 놓았던 것 같아. 요기에 말이야.”

육중창은 이종원이 손끝으로 누각의 익공을 가리키자 청지기의 표정이 미묘하게 변하는 걸 눈치 챘다.

“그리고 창이랑 칼로 마구 찌르고 베었을 거야. 이렇게 말이야."

이종원이 빈손으로 창과 칼을 쥔 시늉을 하며 휘둘러댔다. 그러다가 돌아서서 누각의 벽을 바라봤다.

"그러다가 저기로 피가 튀었겠지. 안 그래? 그리고, 여기."

두 발로 가볍게 뛴 이종원이 활짝 웃었다.

"소리 들리지? 다른 곳보다 삐걱거리는 소리가 더 크잖아. 목수가 그러더라고, 오랫동안 밟거나 앉아있으면 딱 들어맞아서 소리가 안 나지만 새로 끼운 우물마루는 아귀가 완전히 맞지 않아서 삐걱거리는 소리가 크게 난다고 말이야."

뒤춤에서 쇠도리깨를 꺼낸 이종원이 한 발자국 뒤로 물러난 다음에 힘껏 마루를 내리쳤다. 우지끈하는 소리와 함께 우물마루가 깨졌다. 그걸 본 청지기가 기겁했다.

"미쳤소! 이러다 도련님이 우릴 다 죽일 거요!"

청지기의 애원을 무시한 이종원이 깨진 우물마루를 치우고 아래를 내려다봤다. 그리고 그 자세 그대로 손짓을 했다. 육중창이 뛰어올라가자 옆으로 물러난 이종원이 아래를 가리켰다.

"봐봐."

이종원처럼 무릎을 꿇고 우물마루를 내려다 본 육중창이 중얼거렸다.

"바닥의 흙 색깔이 다르군."

고개를 든 육중창이 지켜보고 있던 포졸들에게 말했다.

"횃불 좀 가져와."

잠시 후, 포졸 하나가 관솔불 하나를 가지고 나타났다. 육중창은 포졸에게 넘겨받은 관솔불로 깨진 우물마루 아래의 바닥을 비췄다. 그리고는 아까 종이를 찢은 장도로 바닥의 흙을 찍었다. 그리고 손가락으로 조심스럽게 집어서 혀에 갖다 댔다. 잠시 눈을 감고 흙을 맛보던 육중창이 이종원에게 말했다.

"피가 분명해."

누각 아래에서 둘의 얘기를 듣던 청지기가 서둘러 나섰다.

"그건 다친 말을 치료하다가 흘린 피입니다."

청지기의 얘기를 들은 두 사람은 거의 동시에 웃었다. 웃음을 그친 이종원이 비아냥거렸다.

"살다 살다 별채의 누각에서 말을 치료했다는 얘기는 처음 듣는군."

"그, 그건."

"여기 누가 살았나?"

이종원의 물음에 청지기가 고개를 저었다.

"따로 머무는 사람은 없었습니다."

"머무는 사람이 없는데 벽에는 핏자국을 감추려고 종이를 바르고, 바닥은 새로 고친건가? 그 모든 게 다친 말을 치료하기 위해서라고? 저기 저 문 보여?"

청지기는 이종원이 손가락으로 가리킨 문을 돌아봤다.

"별채로 들어올 수 있는 건 저 문이 유일하지. 사람 하나가 겨우 들어올 정도야. 그런데 말이 들어올 수 있을까?"

이종원의 추궁에 청지기는 마른 침을 삼키며 입을 다물었다. 그러자 육중창이 나섰다

"자네 머리 꼴이 말이 아니구먼. 일단 가서 치료를 받으면서 좀 쉬게."

"아니, 그럴 수는 없습니다."

청지기는 괜찮다며 버텼지만 눈치 빠른 포졸들이 끌고나갔다. 육중창은 남은 노비들 앞에 섰다.

"여기 누가 살고 있었느냐?"

다들 고개를 푹 숙인 가운데 누군가의 입에서 '달비'라는 이름이 튀어나왔다. 육중창이 물었다.

"달비가 누구냐?"

육중창의 거듭된 다그침에 노비들 중 한 명이 떨면서 입을 열었다. 그때 별채의 문이 활짝 열렸다. 문을 열고 안으로 들어선 것은 병조판서 공두서였다. 반백의 수염에 날카로운 눈빛을 한 그는 안으로 성큼성큼 걸어 들어왔다. 뒤로 포도부장 이세명이 들어선 것을 본 이종원은 눈살을 찌푸렸다. 두 사람이 고개를 숙여 인사를 하자 공두서가 입을 열었다.

"궁에 있다가 소식을 듣고 급히 달려왔다. 대체 무슨 일인가?"

고개를 든 육중창이 대답했다.

"며칠 전에 돈의문 밖 모화관에서 젊은 여인의 시신이 발견되었습니다."

"그건 나도 들었네."

"여러 가지 정황과 물증으로 보건데 살인은 돈의문 안쪽의 기와집에서 벌어졌다고 판단이 되어서 수색 중이었습니다."

"우리 집에서 살인이 벌어졌다는 말인가?"

공두서 대감의 호통에 이세명이 나섰다.

"그런 뜻이 아니오라…."

"그런 뜻이 아닌데 우리 집은 왜 수색하는 건가?"

이세명이 우물쭈물하는 사이 육중창이 나섰다.

"피살자가 죽은 장소가 돈의문 근처라는 물증이 나왔기 때문입니다. 아까 오전에 수색했을 때 이 집만 문을 굳게 닫고 열어주지 않았습니다."

육중창의 애기를 들은 공두서는 헛기침을 했다.

"알겠네. 이제 살펴볼 만큼 살펴본 것 같으니 물러나게."

육중창이 이종원을 바라봤다. 이종원이 고개를 저었다.

"아직 조사할 것이 남았습니다."

이종원의 대답에 놀란 것은 이세명이었다. 한 발 앞으로 나선 그가 공두서 대감을 힐끔 봤다.

“병판 대감의 말을 못 들은 것이냐?”

“수상한 점이 발견되어서 조사를 해야 합니다.”

“설마 이 집안에서 살인이라도 벌어졌다는 애기인가?”

이세명의 호통에 이종원이 짤막하게 대꾸했다,

“가능성을 배제할 수 없습니다.”

“정녕, 병판 대감을 욕되게 할 셈이냐!”

“범인을 못 잡으면 그것이야말로 욕되게 하는 겁니다.”

육중창이 끼어들어서 말하자 이세명은 수염을 부르르 떨었다. 분위기가 무거워지자 공두서가 나섰다.

“창피한 일이긴 하지만 두 군관의 애기도 틀리지 않네. 내일이면 포도청에서 우리 집에 들이닥쳤다는 게 다 알려질 것인데 제대로 조사가 되지 않으면 온갖 구설수들이 오르내릴 것이야. 그래, 어떻게 해주면 되겠나?”

공두서의 물음에 이종원이 말했다.

“아드님과 조용히 애기를 나누고 싶습니다.”

“규준이가 사고를 친 건가?”

나지막한 목소리로 묻는 공두서에게 이종원이 대답했다.

“저는 확신이 설 때까지는 판단하지 않습니다.”

가만히 고개를 끄덕거린 공두서가 말했다.

“마침 이곳이 비어있으니 여기가 좋겠군. 곧 보낼 것이니 얘기를 나눠보게."

헛기침을 한 공두서가 돌아서서 별채를 나갔다. 노비들이 따라서 나가는 걸 본 육중창이 여전히 서 있는 이세명을 바라봤다.

"자리를 좀 비켜주시겠습니까?"

이세명이 눈을 부릅떴지만 아무 말도 하지 못하고 밖으로 나갔다. 잠시 후, 차가운 표정의 공규준이 들어섰다. 가까이 있던 육중창이 별채의 누각 쪽을 가리켰다.

"저기에서 말씀을 나눌까요?"

아까와는 달리 차분한 표정을 지은 공규준이 잠자코 누각으로 올라갔다. 우물마루가 깨져있고, 벽지가 찢겨져 나간 걸 본 그의 표정이 어두워졌다. 공규준이 자리를 잡고 앉자 맞은편에 앉은 이종원이 물었다.

"달비가 누굽니까?"

갑작스러운 질문에 놀랐는지 눈이 휘둥그레지고 마른 침을 꿀꺽 삼켰다. 그리고는 한숨을 쉬며 털어놨다.

"아버지가 평양감사였을 때 만난 평양 기생일세."

"그렇다면 관기였을 것인데 어째서 한양의 이곳에 있는 겁니까?"

"내가 아버님을 졸랐다네. 그래서 기생 명단인 기적에서 빼내서 한양으로 함께 왔지."

"그래서 여기 별채에 머물게 했군요."

이종원의 물음에 공규준이 고개를 끄덕거렸다.

"다른 여인을 대신 기적에 넣긴 했지만 좋은 일은 아니라서 말이야. 그래서 조용히 숨기고 있었던 것일세."

"그러면 지금 달비는 어디 있습니까?"

듣고 있던 육중창이 끼어들어서 묻자 공규준이 한숨을 쉬었다.

"얼마 전에 사라졌네. 패물들을 잔뜩 챙겨서 말이야."

"도망쳤다는 얘깁니까?"

"추노객을 시켜서 조용히 수소문을 하고 있는 중이지만 현재까지는 어디로 갔는지 행방을 알아내지는 못했네."

"재물을 훔쳐서 달아났다고 하시면서 왜 포도청에는 알리지 않았습니까?"

"집안에 누가 될까봐 차마 신고를 하지 못했네. 아버님에게도 크게 꾸중을 들었고 말이야."

풀이 죽은 표정으로 대답하는 공규준을 바라보던 육중창이 구멍이 난 마루를 손가락으로 가리켰다.

"대청 아래 흙에 피가 잔뜩 묻어있었습니다. 새로 붙인 벽지 안쪽에는 핏자국이 있었고 말입니다. 청지기 얘기로는 말을 치료하면서 생긴 피라고 했습니다만."

"청지기가 겁이 나서 거짓말을 했네. 사실은 그녀가 패물을 가지고 도망치려고 했던 걸 붙잡은 적이 있었지. 끝까지 발뺌을 해서 이곳에 묶어놓고, 온몸에 매질을 했었네."

"피를 흘릴 정도로 말입니까?"

"증거가 명백한데도 끝까지 아니라고 잡아떼서 말일세. 그래서 이성을 잃고 매질을 하고 말았지."

"그 후에 자취를 감췄단 말이군요."

육중창의 물음에 공규준이 대답했다.

"많이 다친 것 같아서 별채에서 몸조리를 하라고 했지. 그런데 감시가 소홀해진 틈을 타서 모아둔 패물을 가지고 종적을 감춰버렸네."

얘기를 들은 육중창이 이종원을 바라봤다. 일단 이치에 어긋나거나 거짓말은 아닌 것 같았다. 하지만 묘하게 죽은 여인과의 거리감은 멀어진 상황이었다. 육중창은 이종원과 눈빛으로 얘기를 주고받은 후에 공규준을 바라봤다.

"달비라는 여인이 이곳에 있을 때 수발을 들던 계집종이 있었습니까?"

"설이라고 있네."

"지금 얘기를 나눠볼 수 있습니까?"

"영암으로 가 있네. 그곳에 우리 집안 농막이 있어서 말이야."

한 걸음 더 나아가긴 했지만 높다란 벽에 막힌 느낌이었다. 육중창이 이종원에게 다가가 귓속말을 했다.

"저놈을 끌고 가긴 어려울 거 같고, 노비들을 데리고 갈까?"

"가서 자백을 받아보게?"

"살살 구슬려보면 입을 여는 놈이 있을 거야."

"좋지."

이종원과 얘기를 마친 육중창이 공규준에게 말했다.

"우리가 골라낸 노비들을 데리고 가서 조사해보도록 하겠습니다."

"뭐라고?"

그동안 차분하게 얘기하던 공규준이 아까처럼 화를 냈다. 하지만 아버지에게 들은 얘기가 있는지 곧 수그러들었다.

"알겠네."

"그리고 달비의 소지품들도 모두 가져가겠습니다."

아랫입술을 깨문 공규준이 고개를 끄덕거렸다.

"모두 내주겠네."

노비들과 달비의 옷가지를 챙겨서 우포청으로 돌아온 두 사람은 한 명씩 따로 심문했다. 다들 처음에는 입을 안 열려고 했지만 두 사람의 꼬드김과 으름장에 입을 열었다. 특히 상이라고 불린 젊은 노비가 적극적으로 털어놨다. 등에 난 상처를 보여주면서 말이다.

"도련님은 사소한 일에 화를 내고, 혹독하게 형벌을 주셨습니다. 등에 난 이것도 경마를 제대로 잡지 못했다고 인두로 지진 것입니다."

상이의 등에 난 상처를 본 두 사람은 할 말을 잊었다. 물론 사노비의 경우 주인이 생사여탈권까지 쥐고 있는 건 사실이었다. 하지만 노비도 재산이었기 때문에 함부로 처벌해서 죽거나 다치면 자기 손해였다. 거기다 노비에게 가혹하게 굴면 양반의 체통이 흠이 난다고 믿는 경우도 많았다. 따라서 잘못을 저질러도 멍석말이를 하거나 헛간에 가두고 며칠 굶기는 정도가 최대한의 처벌이었다. 그런데 툭하면 매질에 인두로 지지기까지 한다는 얘기를 들은 육중창은 어이가 없었다.

"완전, 개망나니네."

상이는 공규준의 행태에 대해서 낱낱이 말했다.

"그뿐만이 아닙니다. 담배를 사러 들린 연초전에서 주인 아들과 셈을 치르다가 시비가 붙으니까 우리들을 시켜서 마구 때려서 숨지게 한 적이 있었지요. 온양 온천으로 놀러가면서 역마를 타고 가는데 역졸들이 말을 제대로 몰지 못한다며 심하게 매질을 해서 초주검으로 만든 걸 본 적도 있습니다."

상이의 얘기를 들은 이종원이 혀를 찼다.

"생긴 건 멀쩡하게 생겨서 왜 그런 거야?"

"공 대감님이 늦은 나이에 얻은 3대 독자라서 그렇습니다. 어릴 때부터 귀여움을 독차지하고 자라서 그런지 차츰 버릇이 없어졌고, 우리 같은 아랫사람들에게 잔혹하게 굴었습지요."

혹시나 해서 상이 말고도 다른 노비들을 따로 불러서 물었다. 팽도라는 이름의 나이든 노비가 한 얘기도 비슷했다. 아니, 더 끔찍했다.

"한번은 술에 취한 채 민가에 침입해서 젊은 처자를 겁탈하려고 했습니다. 처자가 반항하니까 칼로 찔러 죽인 적도 있었지요."

그 얘기를 듣고 어처구니가 없어진 육중창이 물었다.

"그런데도 어째 아무런 처벌을 안 받은 거야?"

"가족들에게 재물을 잔뜩 안겨주고, 겁박을 했을 겁니다."

옆에서 듣던 이종원 역시 믿기지 않는다는 듯 되물었다.

"정말 그런 짓을 저지르고도 무사 했단 말이냐?"

"주인마님의 권세가 워낙 막강하니 살인과 강간을 저지르고도 별 탈 없이 넘어간 것이지요."

팽도의 대답을 들은 이종원이 육중창을 바라봤다.

"몰랐어?"

"내 관할에는 없었어. 자네는?"

"마찬가지."

둘의 얘기를 들은 팽도가 끼어들었다.

"작년에 병조판서에 임명되어서 한양에 올라올 때까지 계속 외직으로 돌았습니다. 도련님이 달비를 만난 것도 평양이었고 말입니다."

"관기였다고 들었는데?"

이종원의 물음에 팽도가 고개를 끄덕거렸다.

"평양 관기 중에서는 으뜸이었습니다. 대동강 뱃놀이를 할 때 나왔는데 도련님이 얼굴을 보고는 넋이 나가셨지요. 그날부터 데려다가 옆에 끼고 살다시피 했습니다."

"그러다가 한양으로 올 때 데리고 온 건가?"

"주인마님을 어찌나 졸랐는지 모릅니다. 우여곡절 끝에 기적에서 빼내서 한양으로 데려왔지요. 그래서 별채에 데려다 놓고 운우지정을 나눴답니다."

"그런데 왜 도망친 거지?"

"도련님이 금방 싫증을 내셔서요. 원래 뭔가를 오랫동안 꾸준히 하는 걸 본 적이 없습니다요."

"그래서 기껏 기적에서 빼내서 데려와 놓고는 모른 척 했단 말이야?"

육중창이 기가 차다는 표정으로 말하자 팽도가 대답했다.

"한양에 예쁜 여인들이 훨씬 더 많았으니까요. 어쨌든 달비는 억지로 끌려온 것도 모자라서 찬밥 신세가 되어서 별채에 갇혀 지내다시피 했죠. 그래서 이럴 거면 평양으로 돌려보내달라고 했다가 오히려 매질만 당하고 말았습니다."

팽도의 얘기를 듣고 낌새를 챈 두 사람은 상이를 다시 불렀다. 그리고 마치 팽도가 자백을 한 것처럼 말을 주고받았다. 그러자 눈치를 보던 상이가 말했다.

"소, 소문이 퍼졌었습니다."

"어떤 소문?"

육중창의 반문에 상이가 대답했다.

"문객으로 있는 평양 출신의 곽중호라는 선비와 달비가 가깝게 지낸다는 소문이 돌았던 겁니다."

"문객?"

"사실은 문객이 아니라 거벽이었습니다."

"거벽이면 과거 시험을 대신 쳐주는 선비 아닌가?"

"맞습니다. 술과 계집에 빠져서 글공부를 게을리 하는 도련님을 과거에 합격시키기 위해서 초빙한 것이지요. 애초에는 글을 배우기 위해서 불렀는데 공부를 너무 못해서 거벽을 해주기로 한 겁니다."

"어허, 명색이 선비라는 자가 어찌 과거시험에서 남의 시험지를 대신 써주는 일을 받아들인단 말인가?"

"목구멍이 포도청인 세상인데 선비라고 별 수 있겠습니까? 그나마 글 솜씨로 굶지 않고 밥이라도 먹는 게 재주라면 재주입지요."

"그렇게 불러들인 거벽이랑 자기 애첩이랑 눈이 맞았으니 공규준이 가만있지 않았겠군."

"소문이 돌다돌다 도련님 귀에 들어간 모양입니다. 어찌나 화를 내시던지 정말 세상이 끝나는 줄 알았습니다."

"둘이 같이 도망친 걸로 소문이 나긴 했지만 거짓말이지?"

육중창이 은근한 목소리로 묻자 상이는 이미 다른 노비가 자백을 했다고 생각했는지 술술 털어놨다.

"곽중호가 낌새를 챘는지 종적을 감춰버리는 바람에 도련님이 더 펄펄 뛰었습지요."

"그 분노를 달비가 다 뒤집어썼겠군."

상이는 육중창의 얘기에 텅 빈 한숨을 쉬었다.

"곽중호가 사라지자 소문이 사실이라고 믿은 도련님이 별채로 들이닥쳐서 달비를 묶어놓고 자백을 하라고 했습니다."

"누각에 매달아놓고 말인가?"

"네, 두 팔을 위로 묶었는데 몸부림을 치니까 우리보고 붙잡으라고 했습니다요."

"달비는 뭐라고 했던가?"

"맞다고 했습니다."

"뭐가?"

"곽중호라는 선비와 정을 통한 게 사실이라고 말했습니다. 자포자기 했는지 욕까지 하는 바람에 도련님이 진짜 펄펄 뛰었지요."

이종원과 잠깐 눈을 마주친 육중창이 조심스럽게 물었다.

"그래서 창과 칼로 난자해서 죽인 건가?"

상이는 고개를 끄덕인 다음에 말했다.

"처음에는 가지고 다니는 사인검으로 팔과 다리를 베고 찔렀습니다. 그래도 달비가 멈추지 않고 욕을 하자 창을 가져오라고 하고는 가슴을 찌르고 아랫배를 베었습니다."

얘기를 들은 육중창은 그 와중에 벽으로 피가 튀고 대청의 마루 아래로 피가 흘러내려간 것 같다는 생각을 했다. 그러는 사이, 이종원이 끼어들었다.

"그래서 자네들 옷에 피가 묻어있었던 거군. 붙잡고 있느라고 말이야."

"맞습니다요. 피도 그렇지만 냄새도 참으로 끔찍했습니다."

"그 다음은 어떻게 했어?"

"도련님은 피 묻은 창을 내동댕이치고는 술을 드시러 가버리셨습니다. 그리고 잠시 후에 청지기가 와서 어서 시신을 치워버리라고 했지요."

"달비의 시신을 어떻게 모화관 앞에 버린 거지?"

"그게."

머리를 긁적거리던 상이가 재촉하는 듯한 이종원의 눈빛에 얼른 입을 열었다.

"일단 거적을 가져와서 시신을 눕혀놓긴 했지만 어찌할지 모르고 있었습니다. 그때 청지기가 옷을 모두 벗기라고 해서 칼로 다 찢은 다음에 일단 거적으로 돌돌 말았습니다."

손으로 마는 시늉을 한 상이가 말을 이어갔다.

"팽도 아저씨가 가져온 지게에 시신을 올리고 쪽문으로 나오긴 했는데 도통 어디에 버려야 할지 방도가 안 떠오르지 뭡니까. 거기다 바람이 심해서 걷기도 힘들었고 말입니다."

상이의 얘기는 시신이 발견되기 전날 바람이 심하게 불었다는 증언과 일치했다. 육중창이 계속하라는 눈짓을 하자 상이의 말이 계속되었다.

"어쩔 수 없이 다시 돌아왔는데 청지기가 역정을 내며 쫓아내서 다시 나왔습지요. 그래서 일단 개천에 버리자고 했는데 가는 도중에 길을 잃고 말았습니다. 이러다 들키는 게 아니냐고 팽도 아저씨랑 얘기를 나누면서 걷는데 도로 집 근처로 와버렸지 뭡니까. 밤은 깊어졌고, 지쳐서 일단 계속 가자고 했습니다."

"돈화문 근처 맞지?"

육중창의 물음에 상이가 맞다고 얘기하며 계속 설명했다.

"일단 성벽으로 올라가자고 해서 계단을 통해 올라갔습니다. 하지만 주변이 너무 어두워져서 어찌할 바를 몰랐습니다. 시간은 자꾸 가고, 너무 늦게 가면 또 도련님에게 혼날까봐 그냥 시신을 성 밖으로 던졌습니다."

성가퀴에서 피 묻은 머리카락과 핏자국을 확인했던 두 사람은 비로소 시신이 어떻게 버려졌는지 알게 되었다.

"그래서 벌거벗은 시신이 모화관 앞 길가에 버려졌군."

"아유, 소인들은 그저 도련님과 청지기가 시키는 대로 한 것 밖에는 없습니다요."

비로소 살인사건의 진상을 알게 된 두 사람은 공규준의 잔인함과 뻔뻔함에 입을 닫았다. 자백을 들은 육중창은 상이를 노려봤다.

"죽었을 때 어떤 차림이었지?"

"그러니까, 노란색 저고리에 푸른색 치마를 입고 있었습니다."

죽은 여인이 달비라는 사실을 확신한 육중창이 물었다.

"눈앞에서 사람이 죽었는데 어찌 신고를 하지 않았느냐?"

"아이고, 나리. 우리 신세를 아시면서 그러십니까? 주인을 고발하는 노비는 죽음을 면치 못합니다. 거기다 아비가 병조판서인데 누구 얘기에 귀를 기울이겠습니까?"

눈물을 글썽거리는 상이의 말에 두 사람은 할 말을 잊었다. 한숨을 쉰 이종원이 말했다.

"종이와 붓을 가져올 테니까 곽중호가 어떻게 생겼는지 그려 봐. 그리고 공규준이 행패를 부렸던 장소랑 당한 사람들 이름도 쓰고."

그런 이종원에게 육중창이 슬쩍 물었다.

"어디서 찾으려고?"

"거벽이라잖아. 내일 한성부에서 초시 시험이 있어."

중부 징청방에 있는 한성부는 아침부터 사람들로 북적거렸다. 시험 문제를 내거는 현제판 근처에 자리 잡기 위해 사람들이 일찌감치 나섰던 것이다. 대부분은 글공부를 하는 선비들과는 거리가 먼 우락부락한 무뢰배들이었다. 그들을 선접꾼이라고 불렀는데 좋은 자리를 차지하기 위해서 돈 많은 선비들이 고용한 것이다.

시험이 열리는 한성부의 문이 열리자 과거시험을 보는 선비들과 그들을 도와주는 선접꾼들이 우르르 몰려서 들어갔다. 무뢰배들로 구성된 선접꾼들은 시험 문제가 내걸리는 현제판이 보이는 앞자리를 차지하는 것이 임무였다. 돗자리와 천막을 짊어진 선접꾼들은 명당자리를 차지하기 위해서 치열한 몸싸움을 벌였다. 그 와중에 주먹다짐도 벌어지고, 머리가 깨지고 피를 흘린 선접꾼들이 곳곳에 널브러져 있었다.

그 와중에 시골에서 온 선비들은 선접꾼들에게 밀려났다. 두 사람은 그 광경을 보고 혀를 찼다. 선접꾼들이 자리를 잡고 돗자리를 편 다음 천막을 치는 사이 과거 시험을 보는 선비들이 거벽과 사수들을 데리고 안으로 들어갔다. 그걸 본 육중창이 이종원에게 물었다.

"원래 과거시험장에는 시험을 보는 당사자만 들어가게 되어 있는 거 아니야?"

"권력가 집안의 선비들은 이렇게 대신 과거시험을 쳐주는 사람들을 고용해서 당당하게 들어간 지 오래됐지. 우리 일이나 하자고."

한숨을 쉰 육중창이 이종원과 함께 들어가는 거벽과 사수들을 유심히 살펴봤다. 그러다가 상이가 그려준 용모파기와 닮은 사람을 보고는 팔꿈치로 이종원을 툭 쳤다.

"저기."

이종원도 봤다는 듯 고개를 끄덕거린다. 그들이 모두 입장하자 이번에는 술과 떡을 파는 장사치들과 구걸을 하는 거지들까지 안으로 들어갔다. 그 광경을 보던 이종원이 혀를 찬다.

"과거 시험장인지 시장 바닥인지 도무지 알 수가 없네."

"하루 이틀 일도 아닌데 뭘 그래."

맞장구를 친 육중창이 코웃음을 친다. 두 사람은 과거 시험장 안으로 들어갔다. 원래는 두 사람 역시 안으로 들어갈 수 없었지만 아무도 제지하는 이가 없다는 사실에 육중창은 쓴 웃음을 지었다.

시험장 안을 둘러보던 두 사람은 곽중호를 발견하고는 그쪽으로 움직인다. 드디어 과거 시험 문제가 공개되자 남들보다 빨리 시험문제를 베끼기 위한 몸싸움이 또 다시 벌어진다. 거벽과 사수들을 고용한 선비들은 천막 아래 느긋하게 앉아서 장죽을 물고 담배를 피웠다. 그런 사람들 틈을 장사치들과 거지들이 오가면서 혼란은 극에 달했다.

사수들이 베껴온 시험 문제를 본 거벽들은 곧 답안지인 시권에 들어갈 글을 지어냈다. 거벽들이 쓴 글은 글씨를 잘 쓰는 사수들이 다시 베껴 쓴다. 정작 시험을 쳐야 하는 선비는 옆에서 지켜보거나 심지어는 꾸벅꾸벅 졸기도 했다. 시권에 답안을 다 쓴 사수들이 서둘러 시험지를 봉한 다음에 제출하기 시작한다. 빨리 내는 만큼 유리하기 때문에 다들 서두른 것이다.

시골에서 온 선비들은 자리 잡기에서 뒤쪽으로 밀려나는 바람에 시험문제를 보러 오가는 동안 시간을 거의 다 허비했고, 혼자서 먹을 갈고 글씨까지 써야 하는 바람에 한참 뒤에야 시권을 제출할 수 있었다. 남들보다 빨리 제출하려는 선비들이 앞을 가로막자 마음이 급한 뒤쪽의 선비들은 시권을 던지기까지 한다.

그렇게 혼란스러운 과거 시험이 막을 내렸다. 거벽과 사수들을 거느리고 온 선비들은 홀가분한 표정으로 자리를 털고 일어나서 과거 시험장을 빠져나갔다. 반면, 멀리서 온 시골 선비들은 아쉬움이 가득한 얼굴로 뒤를 따른다. 난장판인 과거 시험이 끝나는 것을 지켜보던 두 사람은 홀가분한 표정으로 밖으로 나가려던 곽중호에게 다가간다. 곽중호의 앞을 막아선 이종원이 굽실거리며 말한다.

"장동에서 왔소이다. 우리 대감께서 댁에게 일을 맡기고 싶어 하셔서 말입니다."

"이제 거벽은 그만두려고 합니다만."

곽중호가 떨떠름한 목소리로 대답하자 육중창이 재빨리 팔을 잡았다.

"그러지 말고 가서 얘기 좀 나눕시다."

곽중호를 반 강제로 피맛골의 선술집으로 끌고 갔다. 예전에 얘기를 나눈 뒷마당 쪽의 평상에 자리 잡은 이종원이 단도직입적으로 물었다.

"달비라는 여인을 아시오?"

달비라는 이름을 들은 곽중호의 표정이 어두워졌다.

"모르는 이름이요."

그러면서 자리에서 일어나서 떠나려고 했다. 그러자 육중창이 조용히 말했다.

"며칠 전에 돈의문 밖에서 시신으로 발견되었네."

그의 애기를 들은 곽중호는 떠나려던 걸음을 멈추고 두 사람을 향해 돌아 봤다.

"그, 그게 사실이오?"

육중창이 조용히 고개를 끄덕거리자 곽중호의 두 눈에 눈물이 맺혔다. 그런 모습을 바라보던 이종원이 말했다.

"나는 좌포청 군관 이종원이고 이쪽은 우포청 군관 육중창일세. 며칠 전, 돈의문 밖 모화관 앞길에서 벌거벗은 여인의 시신이 발견되었네. 조사를 하던 중에 그녀가 평양 기생 출신의 달비라는 사실을 알게 되었지."

이종원의 애기를 들은 곽중호가 물었다.

"대체 어쩌다가 죽은 겁니까?"

곽중호의 물음에 육중창이 대답했다.

"자리에 앉으면 들려주겠네."

곽중호가 자리에 앉자 두 사람이 번갈아가면서 시신이 발견되고, 현재까지의 과정을 들려줬다. 그러면서 이종원이 덧붙였다.

"병조판서의 아들 공규준이 그녀를 죽인 것 같네. 그자의 소행일까?"

그러자 고개를 절레절레 흔든 곽중호가 대답했다.

"거벽이나 사수를 쓰는 집안의 자제들은 명색이 선비라고 하면서 한문도 제대로 모르는 까막눈들이 많습니다. 공규준은 거기다 포악하기까지 했습니다."

자기 기분 내키는 대로 아랫사람을 대하면서 참을성이 없고 성격이 급해서 마구잡이로 폭력을 휘둘렀다며 자신이 알고 있는 사실을 털어 놓았다.

"아버지 공두서 대감은 하나밖에 없는 외아들을 혼내는 대신 무조건 감싸주는 바람에 집안에서는 거칠 것이 없는 안하무인이 되어버렸지요."

곽중호의 얘기를 들은 육중창이 물었다.

"달비와는 어떤 관계였나?"

곽중호는 눈물을 글썽거리며 대답했다.

"내 잘못 때문에 애꿎은 여인이 목숨을 잃고 말았습니다. 행랑채에 머물며 심심해서 뒤뜰을 산책하다가 실수로 별채 쪽으로 가게 되었죠. 그곳에서 공규준에게 매를 맞고 우는 그녀를 발견했습니다. 같은 동향 출신이라는 점 때문에 서로에게 끌리게 되어 공규준의 눈을 피해 종종 만나서 외로움을 달랬습니다."

"그러다가 발각이 되어서 소문이 돌았군."

"아마 그런 거 같습니다. 공규준이 알면 큰일이 날 것 같아 서둘러서 짐을 챙겨 도망을 쳤지요."

"그 후에 달비를 다시 만난 적이 있습니까?"

육중창의 물음에 그는 고개를 저었다.

"그 후, 평양에 가서 잠시 몸을 숨겼다가 다른 양반집의 거벽 노릇을 하면서 한양으로 돌아왔습니다. 나중에 달비 소식을 들으려고 공두서 대감 댁 주변을 서성거렸지만 만나지 못했습니다."

의문점을 모두 푼 육중창은 마지막으로 궁금했던 걸 물었다.

"거벽 노릇을 하는 걸 보면 글 솜씨가 괜찮은 것 같은데 왜 직접 과거를 치지 않는 거요?"

쓴 웃음을 지은 곽중호가 입을 열었다.

"저도 어릴 때는 수재 소리를 들었습니다. 그래서 주변에서는 모두 과거에 합격할 것이라고 생각했죠. 하지만 현실의 과거는 집안의 배경이 든든하든가, 돈이 많아야 합격을 할 수 있습니다. 그래서 처음에는 과거를 치를 비용을 구하기 위해 한두 번만 하려고 했던 거벽노릇을 몇 년 째 하는 중이죠."

"앞으로는 어찌할 셈인가?"

"이제 한양은 지긋지긋합니다. 고향으로 돌아가서 서당 훈장이나 할 겁니다."

얘기를 마친 곽중호가 비틀거리며 선술집을 빠져나갔다. 그 뒷모습을 본 육중창이 중얼거렸다.

"이렇게 쉽게 풀릴 줄은 몰랐는데 말이야."

"일단 피해자들부터 만나보자고."

이종원의 말에 육중창이 고개를 끄덕거렸다.

다음 날, 해가 어둑해질 무렵 두 사람은 금호문 앞에 서서 퇴궐하는 정약용을 기다렸다. 남들보다 키가 큰 정약용은 금방 눈에 띄었다. 두 사람이 다가오는 걸 본 정약용이 물었다.

"사건은 잘 해결되고 있나?"

"범인은 알아냈고, 추가로 저지른 죄목도 조사했습니다."

"집에 가면서 얘기를 듣고 싶네."

"그러실 줄 알고 조족등을 챙겨왔습니다."

씩 웃은 두 사람이 조족등을 바닥에 비췄다. 정약용의 집으로 향하는 동안 두 사람은 번갈아가면서 사건의 진상과 공규준의 나머지 악행들도 빠짐없이 말했다.

"연초전 주인은 공규준이 담배를 헐값에 가져가는 걸 막던 아들이 매질을 당하고, 며칠을 앓다가 세상을 떠났다고 했습니다. 여염집 아낙은 겁탈을 당할 위기에 처한 딸이 혀를 깨물고 자결했고, 화병으로 남편도 세상을 떠났다며 한숨을 쉬었습니다. 역졸들은 그때 당한 매질의 흔적을 보여주면서 아직도 비만 오면 욱신거린다면서 하소연을 했습니다."

이종원의 얘기를 듣던 정약용이 물었다.

"그런데 어찌 하나도 처벌을 받지 않은 건가?"

"모두 관가에 달려가 억울함을 호소했지만 문전박대를 당했다고 하더군요. 하지만 이번 일로 처벌할 수 있을 겁니다. 며칠만 기다려주시면 일을 마무리 지을 테니 조금만 기다려주십시오."

신이 난 이종원의 얘기를 들은 정약용은 걱정스러운 표정을 지었다.

"전하께서는 철두철미한 성격이시네. 지금 공규준이 범인이라는 것은 노비들의 자백 밖에는 없으니 조금 더 보강한 후에 아뢰는 게 좋겠네."

정약용의 염려에도 불구하고 두 사람은 자신감이 넘쳤다. 잠시만 기다려달라는 말을 한 두 사람의 웃음에 정약용은 내심 걱정스러운 표정을 감추지 못했다.

이종원과 육중창은 다음 날, 두 포도대장에게 사건의 진상과 공규준이 범인이라는 사실을 고한다. 떨떠름한 표정을 지은 두 포도대장들은 서로 눈치를 봤다. 그러다가 우포도대장이 겨우 입을 열었다.

"일단 공규준을 불러다가 얘기를 듣도록 하겠네."

"증인들이 명백하고, 증거도 있는데 시간을 끌 필요가 있겠습니까?"

이종원의 반박에 우포도대장이 대답을 하려는 찰나, 이세명이 헐레벌떡 나타났다.

"지금 궁에서 친국이 열리고 있다고 하옵니다."

"친국이라니?"

우포도대장의 반문에 이세명이 두 사람을 바라보면서 득의양양한 표정으로 말했다.

"병판대감이 자신과 아들을 겨냥한 무고가 진행되고 있다며 전하께 고해서 직접 친국을 거행해달라고 요청했다하옵니다."

이세명의 얘기를 들은 육중창은 '아차'하는 표정으로 이종원을 바라봤다. 그동안 공두서 대감 역시 움직이고 있었던 것이다. 이세명의 이야기가 이어졌다.

"전하께서 살인을 저질렀다는 증거가 오직 노비들의 자백뿐이라는 애기를 듣고는 노비들과 아들을 직접 심문하겠다고 하였습니다. 지금 즉시 노비들을 데리고 입궐하라는 명입니다."

육중창은 일이 심상치 않게 돌아간다는 느낌이 들었지만 어명을 어길 수는 없는 노릇이었다.

친국은 인정전 앞에서 열렸다. 인정문을 지나자 금위군이 창을 들고 나란히 서 있는 가운데 월대에 왕의 모습이 보였다. 일산 아래 서 있는 왕을 본 포도대장들은 허리를 굽힌 채 앞으로 나아갔고, 두 군관 역시 마찬가지였다. 왕 옆에는 정약용이 서 있었는데 표정이 어두웠다. 월대 아래에는 병조판서 공두서가 아들 공규준을 데리고 고개를 조아린 채 엎드려 있었다. 포도대장 일행이 다가오자 왕이 고개를 끄덕거렸다. 그러자 정약용이 한 걸음 앞으로 나섰다.

"지금부터 친국을 거행하겠노라. 한 치의 거짓이라도 고하는 자가 있다면 추후에도 불경죄로 엄한 처벌을 받을 것이다."

팽팽한 긴장감이 흐르는 가운데 공두서 대감댁의 노비들이 끌려왔다. 거의 혼이 나갈 정도로 긴장한 그들을 본 육중창은 불안감을 느꼈다. 월대의 계단 아래로 내려온 정약용이 그들 앞에 섰다.

"네 이름이 무엇이냐?"

"사, 상이라고 하옵니다."

더듬거리며 대답한 상이에게 정약용이 물었다.

"너는 공두서 대감의 아들 공규준이 첩 달비를 죽인 것을 봤느냐?"

"모, 못 봤습니다."

예상 밖의 대답에 놀란 육중창이 고개를 들었다가 옆에 서 있던 금위군의 창대에 어깨를 찔렸다. 도로 고개를 숙인 육중창이 이종원에게 속삭였다.

"어찌된 거야?"

"그러게."

이종원 역시 애가 타는 표정을 지었다. 그 사이, 상이의 대답이 이어졌다.

"도련님이 달비가 도망치려는 걸 알고 매달아놓고 매질을 하고 칼을 뽑아서 위협을 하긴 했지만 죽인 건 본 적이 없습니다."

"그럼 달비는 어디로 사라졌느냐?"

"모, 모르겠습니다. 별채는 우리 같은 아랫것들이 들어갈 일이 없습니다요. 그냥 패물을 가지고 야반도주했다는 소문만 들었습니다."

상이에게 같은 질문을 몇 번이고 던진 정약용은 같은 대답을 듣자 옆에 있던 다른 노비인 팽도에게 질문을 던졌다.

"그런데 왜 포도청 군관들에게는 공규준이 달비를 죽인 광경을 본 것처럼 얘기했느냐?"

"자기들이 시키는 대로 자백하지 않으면 고문을 하겠다고 협박을 했습니다."

팽도의 말에 상이와 다른 노비들이 이구동성으로 사실이라고 대답했다. 그러자 이종원이 중얼거렸다.

"완전히 함정에 걸렸어."

육중창 역시 같은 생각이었지만 지금 상황에서는 할 수 있는 게 없었다. 식은땀을 흘리며 엎드려 있는 사이, 정약용이 노비들에 대한 심문을 끝내고 월대로 올라가서 왕에게 고했다. 고개를 끄덕거린 왕이 귓속말을 하자 정약용이 돌아서서 외쳤다.

"공두서 대감의 아들 공규준은 앞으로 나오너라."

공규준이 월대 앞으로 나가서 엎드렸다. 정약용이 월대 아래 엎드려 있는 그에게 물었다.

"네가 달비를 죽였느냐?"

"억울하옵니다. 신이 어리고 충동적인 성격이라 가끔 욕설을 하지만 사람을 죽인 적은 없습니다."

"그럼 달비는 어디로 사라졌느냐?"

"소인도 모릅니다. 평양으로 돌아가고 싶다고 몇 번이나 말을 하다가 패물을 가지고 자취를 감췄습니다. 정녕 억울하옵니다."

"그럼 포도청에서 수색을 했을 때 왜 거절을 하였느냐?"

"신이 아비에게 간청을 해서 평양 기생이었던 달비를 한양으로 데리고 왔습니다. 비록 기적에 다른 사람을 넣었다고는 하지만 어찌 떳떳한 일이겠습니까? 신은 혹시나 그 일이 아버지에게 누가 될까봐 막았던 것뿐입니다. 정녕 잘못한 일이긴 하지만 겁이 나서 그런 것이지 다른 죄를 숨기려 한 것이 아닙니다. 굽어 살펴주시옵소서."

모르는 사람이 들으면 진짜 억울하다고 할 것 같은 말투와 자세였다. 정약용이 그럼 노비들이 살인을 목격했다고 자백한 이유가 무엇이냐고 묻는다. 공규준은 재차 고개를 숙이면서 대답했다.

"제가 듣기로는 포도청 군관들이 자백을 하지 않으면 고문을 하겠다고 윽박질렀답니다. 노비들의 몸을 살펴보시면 매질을 한 흔적이 남아있을 겁니다."

그 얘기를 들은 육중창은 저도 모르게 고개를 들 뻔했다. 자신이 매질을 해놓고 그걸 덮어씌웠기 때문이다. 하지만 왕이 직접 거행하는 친국에서는 함부로 말을 할 수 없었다. 그것만으로도 처벌 받을 수 있었기 때문이다. 공규준의 얘기를 들은 정약용이 금위군에게 노비들의 옷을 벗기라고 말했다. 노비들의 저고리를 벗기자 등과 어깨에 매질을 한 흔적이 보였다. 그 모습을 지켜보던 공두서가 입을 열었다.

"신의 아들이 광폭하긴 하지만 결단코 남을 해치거나 괴롭히지는 않습니다. 아울러, 모화관 밖에서 발견된 시신이 달비라는 물증은 없사옵니다. 그런데도 포도청의 군관들이 무리하게 신의 아들을 범인으로 몬 것은 신을 모함하기 위한 것이 아닌가 싶습니다. 부디 전하께서 명명백백하게 밝혀주셔서 신과 신의 아들의 억울함을 풀어주시옵소서."

공두서의 얘기를 들은 왕이 정약용을 불러서 얘기를 나눴다. 고개를 끄덕거린 정약용이 앞으로 나왔다.

"모화관 앞에서 발견된 시신이 달비라는 물증이 없으니 포도청에서는 구금한 노비들을 풀어주도록 하여라."

공두서가 고개를 조아리며 감사하다고 말하는 사이, 왕이 인정전 안으로 들어갔고 정약용 역시 두 군관에게 안타까운 눈길을 던지고는 따라갔다. 왕이 인정전으로 들어가자 몸을 일으킨 공두서 대감이 두 포도대장을 불러서는 호통을 쳤다.

식은땀을 흘리며 몸을 일으킨 이종원과 육중창은 노비들이 인정문 밖으로 나가는 모습을 물끄러미 바라봤다. 무릎에 묻은 흙을 턴 공규준이 두 사람을 바라보면서 소름끼치도록 히죽 웃었다. 공두서 대감에게 한참 동안이나 꾸중을 들은 두 포도대장은 두 군관에게 다가왔다. 차가운 표정의 우포도대장이 말했다.

"얼른 가서 두 사람에게 사과하게."

"대장님."

육중창이 목소리를 높이자 우포도대장이 으름장을 놨다.

"하마터면 우리까지 파직당할 뻔했어. 그냥 넘어가지는 않을 것이니 일단 사과부터 하고 와!"

좌포도대장 역시 같은 말을 하자 두 사람은 할 수 없이 공두서와 공규준 부자 앞으로 다가갔다. 공두서가 뒷짐을 진 채 딴 곳을 바라보는 와중에 육중창과 이종원이 고개를 조아렸다.

"잘못했습니다."

"무엇을 말인가?"

공규준이 코웃음을 치며 묻자 육중창이 이를 악물며 대답했다.

"물증이 확실치 않은데 함부로 범인으로 지목하였습니다. 정말 송구스럽습니다."

"명색이 포도청의 군관이라는 자들이 물증도 없이 관리의 자식을 핍박했으니 그 죄를 묻지 않을 수 없어. 내 아버지께 고해서 우리 집안을 모욕한 죄를 묻겠네. 돌아가서 처벌을 기다리게."

더 상대할 가치도 없다는 것 같은 공규준의 말에 육중창은 더없이 심한 모욕을 느꼈다. 하지만 이종원이 철릭의 소매를 잡아끄는 바람에 꾹 참고 미안하다는 말을 되풀이하고는 물러났다. 돌아선 육중창은 먼발치에서 지켜보며 웃고 있는 이세명을 보며 말했다.

"노비들이 왜 자백을 번복했는지 알 것 같군."

두 포도대장은 사과를 하고 돌아온 두 군관을 한심한 눈으로 바라봤다.

육중창과 이종원은 우포청으로 돌아가면서 어떻게 포도대장들을 설득해서 조사를 재개할지 얘기를 나눴다. 하지만 돌아오자마자 청천벽력 같은 소식이 들렸다.

“마포 나루에서 젊은 여인의 시신이 발견되었다고 합니다.”

포졸의 보고를 받은 이세명이 그럴 줄 알았다는 표정으로 나섰다.

“신이 가서 살펴보겠습니다.”

우포도대장이 승낙하자 육중창이 나섰다.

“저희도 함께 가겠습니다.”

우포도대장이 마땅찮은 표정을 지었다.

“자네는 이번 일에 나서지 말게.”

“결자해지라 하지 않았습니까? 가서 살펴볼 수 있게 허락해주십시오.”

육중창이 강하게 나서자 우포도대장은 알겠다고 하면서 포도부장의 지시에 따르라고 덧붙였다. 이세명이 출발 준비를 할 동안 기다리라고 하면서 자리를 떴다.

인정전의 옥좌에 앉아있던 왕은 정약용이 들어서자 말했다.

"가까이 오라."

사관이 자리에 없는 걸 확인한 정약용이 물었다.

"어찌 사관을 물리셨습니까?"

"사관 역시 당파에 따라 유리하고 불리한 것을 골라서 적는 판국일세. 믿을 사람이 없어."

딱 잘라 말한 왕이 물었다.

"이번 사건은 어찌 돌아가는 건가?"

"판결은 이미 내리시지 않았습니까?"

"그거야 명백한 물증이 없는 상태라서 그런 것이고, 나중에 상황이야 얼마든지 바뀔 수 있지. 과인이 궁금한 건 공두서 대감이 조사가 어떻게 진행되는지 손바닥처럼 들여다볼 수 있었느냐 일세."

"그거야 포도청의 누군가에게 귀띔을 받아서 아니겠습니까?"

"관리들이 사적으로 결탁했다 이거로군."

쓴 웃음을 지은 왕의 말에 정약용이 안타까운 표정을 지었다.

"하루 이틀 일이 아니옵니다."

"공두서가 누구의 도움을 받았는지 살펴보게. 그쪽이 의열궁의 기와를 훔쳐간 자들과 연루되었을 수도 있어."

"하지만 공두서 대감은 임오화변이 부당한 일이었다고 했던 적이 있습니다. 신은…."

정약용이 주저하자 왕이 바라봤다.

"말해보게."

"사실 전하께서 공두서 대감을 지켜주기 위해 친국을 열었다고 생각했사옵니다."

"설사 내 편이라고 해도 죄를 지은 걸 그냥 넘어갈 수는 없네. 다만, 두 군관이 너무 선불리 일을 벌인 게 아닌가 싶어."

"신이 사람을 잘못 보았습니다."

"아니지, 그들은 자기 상관보다 품계가 높은 관리의 집안을 단죄하려고 들었네. 단지 모화관 앞에서 발견된 여인의 시신이 달비라는 사실이 확인되지 않은 것뿐이야. 나중에 명백한 증거가 나오면 얘기가 달라지겠지."

"신이 미처 생각지 못했습니다. 조사해보겠습니다."

"편전인 선정전의 지붕을 수리해야 한다고 해서 내일부터 경희궁으로 이어를 해야 하네. 자네도 경희궁으로 자리를 옮기겠나?"

"신은 계속 주합루에 있도록 하겠습니다."

"알겠네. 종종 들리도록 하지."

물러가라는 왕의 손짓에 정약용은 고개를 숙인 채 뒷걸음질로 인정전을 나왔다.

이세명이 말을 타고 앞장선 가운데 뒤따르던 육중창이 이종원에게 말했다.

"노비들이 자백을 번복한 이유를 알아냈어."

"어떻게?"

"옥졸들을 추궁하니, 어젯밤에 포도부장 이세명이 노비들을 불러 모았다고 하더군."

이종원이 앞장 선 이세명의 뒷모습을 바라보면서 물었다.

"저놈이 꾸몄다고?"

"그런 것 같아. 아무도 들이지 말라고 일렀지만 포도부장의 명을 거역할 수는 없었다고 했어."

"저자가 왜 그런 짓을 꾸몄을까?"

"우릴 미워하니까."

육중창의 대답에 이종원이 고개를 저었다.

"괴롭힐 수 있는 건 방법이 많아. 굳이 이런 위험한 일에 끼어들 이유가 없잖아."

그렇게 얘기를 주고받는 사이 마포 나루에 도착했다. 경강의 포구 중 하나인 마포 나루는 전국에서 올라온 배들이 정박했다. 숲처럼 빽빽하게 서 있는 배들의 돛대 위에 갈매기들이 앉아있었다. 나루에 도착한 배들은 널빤지를 대고 짐을 내리거나 싣는 중이었다. 짐을 부리거나 싣는 일은 강대 사람들이라고 불리는 주민들이 했다. 대부분 농사지을 땅을 잃고 한양으로 올라온 신세였다. 포구 한쪽 끝에는 사람들이 잔뜩 모여 있었다. 그쪽을 본 이세명이 말머리를 돌렸다.

"저긴가 보군."

강가에는 거적에 덮인 시신이 놓여있었다. 곰방대를 입에 문 보부상부터, 강대사람들이 모여서 웅성거리다가 이세명을 비롯한 포도청 군관과 포졸들을 보자 썰물처럼 물러났다. 육중창과 이종원은 구경꾼들 중에 머리를 천으로 감싼 공두서 대감의 청지기를 발견하고는 눈살을 찌푸렸다. 말에서 내린 이세명이 거적에 덮인 시신 쪽으로 다가갔다. 그리고 뒤따라온 포졸들에게 명했다.

"거적을 걷어라."

포졸들이 막대기로 조심스럽게 거적을 걷어내자 물에서 건져낸 여인의 시신이 보였다. 얼굴은 형태를 알아볼 수 없을 정도로 퉁퉁 부어있었고, 붉은색 저고리에 푸른색 치마를 입고 있었다. 한쪽 발에만 신발을 신고 있었다. 잔뜩 상한 시신을 본 구경꾼들이 고개를 절레절레 젓거나 얼굴을 돌렸다. 시신을 바라보던 이세명이 먼발치에 있던 청지기를 불렀다.

"이 여인이 달비가 맞느냐?"

가까이 다가와서 시신을 내려다보던 청지기가 고개를 끄덕거렸다.

"그런 것 같습니다."

청지기의 얘기를 들은 이종원이 나섰다.

"얼굴을 제대로 알아볼 수 없는데 어찌 달비의 시신이라고 단정 짓느냐!"

그러자 청지기는 시신의 발을 가리켰다.

"일단 키와 체구가 비슷합니다. 그리고 저 꽃신은 달비의 것이 맞습니다."

그러면서 품에서 꽃신 하나를 꺼내서 이세명에게 바쳤다. 꽃신을 이리저리 살펴보던 이세명이 포졸에게 시신의 꽃신을 벗겨오라고 지시했다. 포졸 하나가 시신의 발에 신겨져 있던 꽃신을 가져오자 바닥에 내려놓으라고 하고는 청지기가 바친 꽃신을 그 옆에 놨다.

"짝도 맞고, 모양도 같군."

그러면서 두 군관을 바라봤다.

"공두서 대감댁에서 도망쳐서 마포 나루를 건너가려고 하다가 물에 빠진 모양이야."

이죽거리는 이세명의 말에 육중창이 반박했다.

"아니, 평양으로 가려면 의주대로로 가야 하는데 어찌 남쪽인 마포 나루로 왔단 말입니까?"

"평양으로 돌아간다는 법이 어디 있겠는가? 삼남으로 도망칠 수도 있지. 아마 이곳에서 무뢰배들에게 붙잡혀서 패물을 빼앗기고 변을 당했겠지."

그러면서 덧붙였다.

"아주 큰 실수를 했군."

육중창은 달비가 죽을 때 입고 있던 저고리와 색깔이 다르다고 말하려 했다. 하지만 이종원이 옆에서 입을 다물라는 손짓을 했다.

"왜?"

"옷을 갈아입었을 것이라고 말하겠지. 지금은 입 다물고 있는 수밖에는 없어."

"젠장."

이종원의 말대로 딱히 반박을 할 상황이 아니라서 육중창은 입을 다물었다. 이세명이 포졸들에게 시신을 싣고 돌아가자며 말머리를 돌렸다. 한양으로 돌아온 두 군관은 나란히 군관 직에서 파직을 당했다. 낙담한 육중창이 우포청을 나서는데 이종원이 기다리고 있었다. 한숨을 쉰 이종원이 말했다.

"이세명이 발 빠르게 움직이고 있어."

"어떻게?"

"아까 임 노인에게 사람을 보내서 달비의 시신을 내놓으라고 했어."

"가져가서 어쩌려고?"

"아마 불태워서 증거를 없애려고 한 것 같아."

"망할!"

육중창이 화를 내자 이종원이 달랬다.

"피맛골에 가서 술이나 한잔 하세."

하루아침에 억울하게 파직당한 두 사람은 피맛골의 선술집으로 가서 시름을 달랬다. 두 사람이 말없이 술만 들이키자 다들 눈치만 봤다. 그때, 누군가 두 사람 앞에 나타났다. 술에 취한 육중창이 올려다보고는 중얼거렸다.

"자네는?"

"우포청에 갔더니 여기 갔을 거라고 문졸이 그러더군요."

"무슨 일인가?"

맞은편에서 술잔을 기울이던 이종원의 물음에 괴나리봇짐을 맨 곽중호가 입을 열었다.

"한양을 떠나려고 하는데 마포 나루에서 달비의 시신이 발견되었다는 소문을 들었습니다. 그곳에 도착했더니 마침 두 분이 계시더군요."

"그 일로 우리 둘 다 파직을 당했네."

"마포 나루에서 발견된 시신은 달비가 아닙니다."

곽중호가 단언하자 육중창이 한숨을 쉬었다.

"청지기가 틀림없다고 했네. 거기다 꽃신이 물증으로 나왔어."

"그 꽃신은 공규준이 사준 게 맞습니다. 다만, 너무 작아서

신은 적이 없습니다."

"뭐라고?"

이종원의 반문에 곽중호가 다시 한 번 말했다.

"그 꽃신은 달비의 발에 맞지 않습니다. 그런데 시신의 꽃신은 딱 들어맞더군요. 맞지도 않는 신을 신고 도망을 치지는 않았을 겁니다."

곽중호의 말에 육중창이 손사래를 쳤다.

"설사 그 말이 맞다 해도 이제 다 끝났네."

"파직을 당했다고 조사를 안 하실 겁니까?"

"포도부장이 시신을 가져가서 불태워버렸어. 이제 자네의 증언 정도로는 지금 상황을 뒤집을 수 없어. 사실이라고 믿기도 어렵고 말이야."

"뭐라고요? 그럼 제가 거짓말을 하고 있다는 말입니까?"

곽중호가 화를 내자 육중창이 피식 웃었다.

"달비가 죽는 걸 봤다고 한 노비들이 친국에서는 그런 걸 본 적이 없다고 말을 바꿨네. 자네도 나중에 말을 어떻게 바꿀지 모르잖아. 그냥 달비는 잊고 고향으로 돌아가게."

육중창의 말에 곽중호가 주먹을 불끈 쥐었다.

"저는 그래도 두 분이 달비의 억울함을 풀어줄 수 있을 것이라고 믿었습니다."

"이제 다 끝났다니까."

육중창이 신경질을 내자 이종원이 맞장구를 쳤다.

"그러게. 이젠 우리가 어떻게 먹고 살지 걱정이나 하자고."

둘이 자포자기한 말투로 얘기하자 곽중호는 사람을 잘못 봤다고 말하며 돌아섰다. 곽중호가 사라지고도 계속 술잔을 기울인 두 사람은 낮은 목소리로 말을 주고받았다.

"감시하던 놈들은?"

이종원의 물음에 육중창이 술을 마시는 척 하면서 대답했다.

"선술집에 있던 놈들은 갔고, 담장 너머에 있는 놈은 아직이야."

"언제 따라붙은 거지?"

"아까 우리가 만났을 때부터."

육중창의 대답을 들은 이종원이 술잔을 내려놓고 입술을 훔치는 척 하면서 대답했다.

"감시하는 놈들을 붙인 걸 보면 켕기는 게 있다는 뜻이지?"

"시신이랑 물증들을 서둘러 걷어간 걸 보면 틀림없어."

"일단 마포에서 죽은 여인의 검시장식을 확인해봐야겠어."

"제대로 검시했겠어?"

"그래도 일단 그게 시작일 거 같아."

이종원의 얘기에 육중창이 물었다.

"어떻게 확인하지?"

"어떻게든 확인해봐야지. 그리고 우리가 별채에서 걷어온 것 중에 달비가 신던 신이 있었지."

"맞아."

"임 노인이 보관하고 있을 거니까 그것도 확보해야지. 이세명 그 멍청이가 시신만 태우면 끝이라고 생각했지만 언제 생각이 달라질지 모르잖아."

육중창의 얘기를 들은 이종원이 잠시 생각을 하다가 입을 열었다.

"검시장식은 형조로 넘길 거야. 그러니까 형조 참의께 도와달라고 하면 될 거야. 지난번에 집까지 갔었지?"

"언제 움직일까?"

"오늘 밤에 움직이자고."

"감시하는 놈들은?"

"우리가 집에 가서 뻗는 척 하면 돌아갈 거야. 안 그래?"

이종원의 말에 육중창이 고개를 가볍게 끄덕거렸다.

"좋은 방법이군."

그러면서 술을 더 가져오라며 선술집의 일꾼인 중노미에게 호통을 쳤다.

깊은 밤, 집으로 돌아온 정약용은 호롱불을 켜놓고 책을 읽었다. 책장을 넘기던 그는 문 밖에서 들리는 부스럭거리는 소리에 고개를 들었다. 소리가 들리지 않아서 다시 책장을 넘기는데 호롱불이 일렁거렸다. 책을 덮은 그는 문 밖을 향해 말했다.

"누구냐?"

"이종원과 육중창입니다."

"들어오게."

문이 열리고 두 사람이 들어오자 정약용이 물었다.

"깊은 밤에 어쩐 일인가?"

그의 물음에 이종원이 고개를 조아리며 말했다.

"염치불구하고 도움이 필요해서 찾아왔습니다."

"한밤중에 말인가?"

"꼬리가 붙어있어서 어쩔 수 없었습니다."

"누가 붙인 꼬리인가?"

정약용의 물음에 육중창이 나서서 대답했다.

"우포청 포도부장 이세명입니다."

"자네들을 곤경에 몰아넣은 그자 말이군. 파직까지 시켰으면서 왜 감시를 하는 거지?"

"진실을 감추기 위해서 아니겠습니까?"

"어떻게 따돌린 건가?"

이종원이 정약용의 물음에 대답했다.

"우리 둘 다 술에 곯아 떨어져서 자고 있는 줄 알겁니다."

"어쨌든 둘이 여기 온 건 마포 나루에서 발견된 시신이 달비가 아니란 뜻이겠군."

"어찌 아셨습니까?"

놀란 육중창의 물음에 정약용이 혀를 찼다.

"이세명이 전광석화처럼 일처리를 해서 말이야. 벌써 형조에 보고를 끝내고 마무리를 했네."

"시신도 모두 불태웠다고 합니다."

"혹시 모르니 매장을 하라고 했더니, 이미 심하게 상해있다고 거절하더군. 재차 사람을 보내서 만류하려고 했더니 이미 재로 변한 상태였어."

"아까 달비의 연인이었던 곽중호라는 선비가 찾아왔었습니다. 시신에 신겨져 있던 꽃신은 달비의 발에 맞지 않았다고 했습니다."

육중창의 얘기를 들은 정약용이 한숨을 쉬었다.

"그렇다고 모화관에서 죽은 여인이 달비라는 증거도 없는 상황이야. 어차피 시신도 다 태워지지 않았나?"

"시신이 사라졌다고 해도 검시장식에는 피살자의 발 크기가 남아있지 않겠습니까? 그리고 좌포청에 달비가 신던 신발이 증거로 남아있습니다."

이종원의 얘기를 들은 정약용이 생각에 잠겼다. 그러자 육중창이 끼어들었다.

"그럼 최소한 마포나루에서 발견된 여인의 시신이 달비가 아니라는 것은 확인할 수 있지 않겠습니까? 거기다 좌포청의 오작인 임 노인이 시신의 상처 안에서 노란색 비단실을 찾아냈습니다."

"죽었을 때 노란색 저고리를 입고 있었다는 말인가?"

"그렇습니다. 하지만 마포 나루에서 발견된 시신은 붉은색 저고리를 입고 있었습니다."

두 사람의 얘기를 들은 정약용이 책 사이에 끼워져 있던 문서를 꺼냈다.

"마포 나루에서 죽은 여인의 검시장식일세. 우포청에서 올린 걸 서리를 시켜서 한 부 필사하라고 했지."

검시장식을 넘겨받은 육중창이 물었다.

"우리가 올 줄 알았습니까?"

"물론이지. 하지만 자네들은 파직당한 상태이고, 친국에서는 공식적으로 무죄가 밝혀졌네. 그러니까 공식적으로는 아무것도 도울 수 없어. 빼도 박도 못하는 증거가 나오지 않는 이상 말이야. 저고리 색깔이나 발의 크기가 다르다는 것 정도로는 부족해."

정약용이 건넨 검시장식을 챙긴 이종원이 고개를 끄덕거렸다.

"물론입니다. 폐를 끼치지 않도록 노력하겠습니다."

"서두르게. 표면적으로는 멀쩡하지만 무슨 일이 벌어지고 있는 게 분명해."

우려 섞인 정약용의 말에 육중창이 대답했다.

"서둘러 이 일을 끝내고 의열궁의 기와를 찾도록 하겠습니다."

정약용을 만나고 나온 두 사람은 주변을 살펴보면서 얘기를 나눴다. 이종원이 육중창에게 말했다.

"나는 바로 좌포청으로 가서 달비의 신발을 확인해보겠네."

"그럼 나는 마포 나루로 가서 안치홍을 만나보겠어."

"그자가 알고 있을까?"

"마포 나루를 꽉 쥐고 있는 자야. 아마 어떻게 돌아가는 상황인지는 알고 있겠지."

"몸조심하게."

이종원의 말에 육중창이 씩 웃었다.

"자네도 조심해."

"우리가 무슨 영화를 보겠다고 이 고생일까?"

넋두리처럼 말하는 이종원에게 육중창이 대답했다.

"나쁜 놈들이 설치고 다니지 못하게 하려고 이러는 거잖아."

두 사람은 주변을 살피며 어둠 속에서 헤어졌다.

같은 시각, 북촌의 어느 사랑채에서는 밤늦도록 시회가 열렸다. 참석자들이 번갈아가면서 시를 짓고, 품평을 하는 시회 모임이라서 참석자들 모두 흑립과 도포 차림의 선비들이었다. 시를 늦게 짓는 바람에 벌주를 마시게 된 선비가 술잔을 내려놓으며 말했다.

"이제 슬슬 움직여야 할 때가 오지 않았습니까?"

그가 운을 띄우자 다른 양반들도 맞장구를 쳤다. 그중 한 명이 목소리를 높였다.

"더 이상 죄인의 자식이 옥좌에 앉아있는 꼴을 보지 못하겠습니다."

자연스럽게 시선은 좌장 격인 집 주인에게 향했다. 그러자 그가 힘주어 입을 열었다.

"이번 일은 결코 실패해서는 안 됩니다."

지금 차근차근 준비 중이니까 경거망동하지 말라고 주의를 줬다. 그러자 첫 번째로 얘기를 꺼낸 양반이 조심스럽게 입을 열었다.

"지금 오독수와 방인득이 의금부에 잡힌 지 오래입니다. 자칫 시간을 끌다가는 탄로가 날지 모른다고 걱정입니다."

그러자 좌장격인 양반이 부드럽게 말한다.

"궁궐 안팎에 우리 편이 적지 않으니 너무 걱정할 필요가 없네."

그러면서 덧붙였다.

"두 사람 문제는 곧 처리될 것이니 걱정 말게."

돈의문 주변의 성벽을 몰래 뛰어넘어서 한양을 빠져나온 육중창은 곧장 애오개를 건너서 마포 나루로 향했다. 새벽이 밝아올 즈음 마포 나루에 도착한 육중창은 한숨을 돌리며 바위에 앉아서 행전을 고쳐 맸다. 한숨을 돌리고 있는데 주변에 수상쩍은 그림자들이 보였다. 어처구니가 없다고 생각하다가 자신이 파직당한 후 전립에 철릭 차림이 아니라, 그냥 바지저고리에 두건을 쓰고 나왔다는 사실을 알고는 쓴 웃음을 지었다.

새벽에 마포나루에 나타난 사람이라면 나루에서 물건을 직접 떼어다가 한양에 가져가서 파는 중간상인인 중도아(中都兒)로 오해할 수도 있었다. 그들은 물건을 사야 하니 돈이나 어음을 잔뜩 가지고 있어서 종종 무뢰배들의 목표물이 되곤 했다. 자신이 그렇게 오해를 받고 있다는 사실이 재미난 육중창은 장난을 좀 치기로 했다. 어리바리한 표정을 지으며 겁을 먹은 시늉을 했다.

"아이고, 깜짝이야."

육중창이 겁을 먹는 모습을 보이자 몽둥이와 도끼를 들고 모여든 무뢰배들이 낄낄거리며 웃었다. 우두머리로 보이는 애꾸눈이 몽둥이를 어깨에 걸친 채 다가왔다.

“어제 꿈자리가 좋더니 대어가 낚였네. 어이, 형씨! 좋은 말할 때 주머니 넘겨. 돈이야 벌 수 있지만 팔다리가 부러지거나 잘리면 돈도 못 벌잖아.”

걸쭉하게 내뱉은 애꾸눈의 말에 육중창은 진짜 겁을 먹은 것처럼 고개를 수그렸다.

“안 됩니다. 이 돈은 물건을 살 돈이라고요.”

그러자 애꾸눈이 육중창의 상투를 움켜잡았다.

“얼굴도 망가뜨려줄까?”

그러다가 육중창의 표정을 살피고는 얼굴이 굳어졌다.

“너, 뭐야.”

애꾸눈의 손을 꺾으며 일어난 육중창이 말했다.

“뭐긴 뭐야. 저승사자지.”

팔을 꺾은 애꾸를 그대로 던져버린 육중창은 소매에 숨기고 있던 육모 방망이를 꺼냈다. 그리고 그대로 애꾸의 머리를 내리쳤다. 갑작스러운 육중창의 반격에 다들 놀라서 어쩔 줄 몰라 하다가 머리를 감싸 쥔 애꾸가 혼쭐을 내라고 지시하자 무기를 들고 조금씩 다가왔다. 그때 어둠 속에서 그만하라고 외치는 목소리가 들렸다. 다들 약속이나 한 듯 멈추자 얼굴이 말처럼 긴 중년의 사내가 모습을 드러냈다.

"우포청 육 군관 아니십니까? 변복을 하셔서 못 알아볼 뻔했습니다."

"여전히 애들 데리고 이 짓 하니? 치홍아."

안치홍은 육중창의 물음에 가만히 웃었다.

"송충이가 솔잎을 먹어야 하는 것처럼 우리도 이렇게 해야 살 수 있으니까 말이죠. 애꾸 녀석이 어제 꿈자리가 좋다고 너무 설쳐대서 걱정이 되어서 따라왔는데 은인을 뵙게 되었네요."

"됐고, 옆에 앉아봐라. 부탁이 있어서 왔다."

안치홍이 조용히 옆에 앉았다.

"며칠 전에 마포 나루에서 여인의 시신이 발견된 거 알지?"

"물론이죠. 우포청 포도부장과 육 군관님, 그리고 좌포청 이 군관이 와서 가져갔다고 들었습니다."

"죽은 여인이 누군지 좀 알아봐."

"병조판서 공두서의 망나니 아들 애첩 아닙니까? 이름이 들비인가 달비라고 들었습니다만."

"그 여자였으면 내가 여기 왔겠어?"

"그럼 다른 여자란 말입니까? 본래 저는 권문세가의 일에는 관여하지 않습니다만."

안치홍의 대답에 육중창이 피식 웃었다.

"그래서 네가 마포 나루를 주름잡는 무뢰배의 우두머리로 남아있는 거겠지. 그런데 말이야."

한숨을 쉰 육중창이 덧붙였다.

"그일 때문에 내가 파직을 당했거든, 제대로 밝혀내지 못하면 군관 생활은 끝이야. 그럼 마포 나루로 와서 무뢰배 노릇으로 먹고 살려고."

육중창의 얘기를 들은 안치홍이 가볍게 웃었다.

"큰물에서 노실 분을 이런 곳으로 오게 만들 수는 없지요. 수하들을 풀어서 알아보겠습니다. 여기 아래로 내려가시면 파란색 깃발을 건 주막집이 나올 겁니다. 제 이름을 대면 술과 음식을 줄 것이니 드시면서 기다려주십시오."

"알겠네."

엉덩이를 털고 일어난 육중창이 길을 따라 걸어갔다. 그 모습을 보던 안치홍이 쓰러져있던 애꾸를 비롯한 부하들을 불러 모았다.

어둠 속에 잠긴 좌포청의 담장을 본 이종원이 중얼거렸다.

"사흘 굶으면 포도청 담장도 넘는다더니 딱 그 꼴이네."

사실 포도청이라는 이름이 주는 무시무시함 때문에 다들 엄두를 안 내긴 하지만 허술한 지점은 많았다. 특히 임 노인의 움막은 후원에서도 한참 구석이라 경계를 서는 문졸이 없었다. 거기다 담장도 낮은 편이라 어디로 넘어가야 할지 잘 알고 있었다.

바위를 딛고 담장에 올라선 이종원은 곧장 아래로 몸을 날렸다. 마른 나뭇가지가 부러지는 소리가 들리면서 깜짝 놀랐지만 다행히 인기척은 없었다. 나무 뒤에 바짝 엎드려 있는데 멀리서 횃불을 들고 순찰하는 포졸들이 보였다. 하지만 감히 포도청을 침입할 간 큰 도둑이 있을까라는 생각을 하고 있는 듯 주변을 제대로 살피지 않았다.

횃불이 멀어진 후, 이종원은 임 노인이 있는 움막으로 향했다. 거적을 들추고 안으로 들어가자 보관되어 있는 시신들이 썩어가면서 풍기는 냄새가 코를 찔렀다. 한쪽 벽에는 대나무로 만든 서가가 세워져 있는데 죽은 사람들의 유품들이 쌓여있었다. 달비의 유품들도 그곳에 있는 게 분명했다. 문제는 표시가 되어 있지 않고 너무 어두웠다는 점이다.

"젠장, 어디 있는 거야?"

이리저리 뒤지는 중에 임 노인의 카랑카랑한 목소리가 들렸다.

"도둑을 잡던 군관이 도둑처럼 몰래 들어왔군."

"찾아봐야 할 게 있어서 말입니다."

"어제 낮에 포도부장이 달비의 물건들을 달라고 하더군."

"뭐라고요?"

낙담한 이종원이 분에 못 이겨 소리를 질렀다. 그러자 임 노인이 손가락을 입에 갖다댔다.

"조심하게. 밖에 있어."

"누가요?"

이종원의 물음이 채 끝나기도 전에 밖에서 낯익은 목소리가 들렸다.

"이게 지금 무슨 소리인가?"

빌어먹을 이세명의 목소리였다. 놀란 이종원에게 임 노인이 속삭였다.

"서가 뒤쪽에 좁은 공간이 있네. 거기로 숨어."

이종원이 서가 뒤편의 좁은 공간에 몸을 숨긴 것과 이세명이 움막 입구의 거적을 걷고 들어온 것은 거의 동시였다. 향을 피우는 척 하던 임 노인이 물었다.

"여긴, 어인 일이십니까?"

한 손으로 코를 가린 이세명이 입을 열었다.

"무슨 소리가 들리던데?"

"저는 아무 소리도 못 들었습니다만."

서가 뒤편에 서서 두 사람의 얘기를 듣던 이종원은 속이 바짝 타들어갔다. 임 노인은 향불을 피우고는 시신들이 눕혀져있는 탁자 쪽으로 걸어가면서 이종원이 있는 곳에서 멀어졌다. 하지만 이세명은 의심스러운 눈으로 바라볼 뿐 그쪽으로 움직이지 않았다. 숨만 크게 쉬어도 들릴 것 같은 가까운 거리라 이종원은 숨을 죽인 채 바라봤다. 다행히 임 노인을 바라보느라 등을 지고 서 있어서 들키지 않았다.

임 노인이 별다른 반응을 보이지 않고 시신을 살펴보자 이세명은 더 이상 말하지 않고 밖으로 나갔다. 한숨을 돌린 이종원에게 가만있으라는 손짓을 한 임 노인이 거적을 살짝 들추고 바깥을 살펴봤다. 그리고는 다시 이종원을 바라봤다.

"갔네. 나와도 괜찮아."

한숨 돌린 이종원이 서가 사이의 좁은 틈을 빠져나오자 임 노인이 보따리를 건넸다.

"뭡니까?"

"이거 가지러 온 거 아니야? 공두서 대감의 별채에서 가져온 물건들이야."

"달비 거란 말씀이시죠? 용케 안 빼앗겼네요?"

"오늘 낮부터 와서 내놓으라고 성화였어. 그래서 다른 거랑 바꿔치기 했지."

"제가 가지러 올 줄 알았습니까?"

"자네든 누구든 올 거라고 생각했지. 별명이 돌부처인 놈이 이리저리 움직이는 게 수상쩍어서 말이야."

"포도부장 별명이 돌부처였습니까?"

이종원의 반문에 임 노인이 대답했다.

"몰랐어? 뭘 시켜도 꿈쩍도 안 한다고 해서 돌부처라고 불렸지. 그런데 이번 일은 엄청 서두르더라고. 뭔가 있는 것 같아서 챙겨놨지."

보따리를 챙긴 이종원은 껄껄 웃는 임 노인에게 고맙다는 말을 하고는 조심스럽게 움막 밖으로 나갔다.

의금부의 감옥에 갇혀있던 오독수는 날이 밝자마자 밖으로 끌려 나와서 십자 모양의 형틀에 엎드린 채 묶였다. 묶인 오독수는 여유롭게 옥졸들에게 말했다.

"허리가 좀 아프니까 적당히 때리게."

옥졸들이 별다른 대답을 하지 않고 꼭꼭 묶는 걸 본 오독수는 차츰 불안해졌다. 바지를 벗긴 옥졸이 물러나자 체구가 큰 옥졸 하나가 곤장 중에 제일 큰 치도곤을 집는 게 보였다.

"아니, 이거 약속이 틀리지 않습니까?"

그것도 모자라서 치도곤을 물에 담그는 게 보였다. 바가지를 든 옥졸이 엉덩이에 물을 뿌렸다.

"치도곤도 모자라서 물 곤장이라니, 저를 죽이실 겁니까?"

그제야 아직 심문관이 들어오지도 않았다는 걸 깨달았다. 오독수는 엉엉 울면서 말했다.

"무슨 일이 있어도 입을 열지 않겠습니다. 그러니 제발 살려주십시오."

오독수의 애원에도 불구하고 옥졸은 마치 죽일듯한 기세로 치도곤을 쳤다. 한 대 두 대, 매질이 계속될 때마다 오독수의 비명소리는 높아졌지만 열 대가 넘어가면서 차츰 잦아들어갔다. 열다섯 대에 이르자 매질을 못 이긴 오독수는 그만 숨을 거두고 만다. 치도곤을 때리던 옥졸이 축 늘어진 오독수의 고개를 슬쩍 들어 올렸다가 죽은 걸 확인하고는 담장 밖을 향해 크게 헛기침을 했다. 그때서야 들어온 심문관이 오독수의 시신을 다시 확인했다.

"치워버려."

짧게 지시한 심문관이 아무 표정 없이 주섬주섬 문서를 챙겨서 자리를 떴다. 그러자 옥졸들은 형틀에 묶여있던 오독수의 시신을 질질 끌어서 감옥 뒤쪽의 측간 옆에 가져다놨다. 그곳에는 이미 곤장을 맞고 죽은 방인득의 시신이 놓여있었다.

"그게 사실인가?"

마포나루의 주막집에서 술을 마시며 소식을 기다리던 육중창은 애꾸눈의 말에 눈을 번쩍 떴다.

"그렇습니다. 저놈이 잘 알고 있다고 해서 끌고 왔습지요."

애꾸눈이 끌고 온 것은 가짜 상투인 외자상투를 튼 강대 사람이었다. 무시당하지 않기 위해서 장가를 들지 않았으면서 상투를 튼 것이다. 애꾸눈에게 끌려온 그는 이득신이라고 자신의 이름을 밝혔다.

"닷새쯤 전에 저와 가깝게 지내던 들병이 하나가 종적을 감췄습니다."

"닷새라면?"

모화관 앞에서 벌거벗은 달비의 시신이 발견될 즈음이라는 생각에 육중창은 눈빛을 반짝거렸다. 그러나 성급하게 굴지 않기로 했다.

"들병이라면 술을 파는 떠돌이 계집이니, 어디론가 훌쩍 떠날 수 있지 않을까?"

그의 물음에 이득신이 손사래를 쳤다.

"말이 들병이지 인근 주막을 다니면서 일하던 게 몇 년째입니다. 빚을 받을게 깔려 있어서 갑자기 떠날 리는 만무합니다."

"키와 체격은?"

이득신이 얘기한 들병이의 키와 체격이 죽은 달비와 얼추 비슷했다. 거기다 이득신이 결정적인 얘기를 했다.

"며칠 전에 마포 나루에서 발견된 시신이 바로 그 들병이였습니다."

이득신의 얘기를 들은 육중창이 눈을 부릅떴다.

"뭐라고? 그런데 왜 아무도 나서지 않았던 것이냐?"

육중창의 호통에 이득신이 얼굴을 찌푸렸다.

"포도청에서 나와서 시신을 바로 가져간 데다가 다들 외상값 때문에 입을 다물었습지요."

"들병이에게 마신 술값 말이냐?"

"네, 죽었으니 안 갚아도 된다고 생각하고는 모른 척한 것이지요."

"나 원 참, 어처구니가 없군."

신원은 확인했지만 그것만으로는 부족했다. 육중창이 이득신에게 물었다.

"들병이가 마지막으로 어울린 손님이 누구냐?"

이득신이 모른다고 대답하자 옆에 있던 애꾸눈이 나섰다.

"모르는 자였습니다."

"강대 사람이 아니라는 뜻이냐?"

고개를 끄덕거린 애꾸눈이 대답했다.

"괴상망측하게 차려입은 놈이었지요. 구멍이 듬성듬성 난 도포에 눈구멍이 뚫린 삿갓을 쓴 놈이었습니다요. 그리고 나막신을 신고 다녔습니다."

"비가 오지 않았는데 말이냐?"

"예, 거기다 푸른색 대나무 지팡이를 가지고 있었는데 몹시 애지중지했습니다요. 그자가 들병이를 데리고 강가를 걷는 걸 제 눈으로 똑똑히 봤습니다요."

드디어 단서를 잡았다는 생각이 들었지만 동시에 벽을 느꼈다. 목격자는 강대 사람과 무뢰배였다. 둘이 증언을 한다 해도 쉽사리 믿지 않을게 분명했다. 육중창은 이득신에게 물었다.

"죽은 들병이의 몸에 특이한 게 있었느냐?"

고개를 갸웃거리며 한참을 생각하던 이득신이 배시시 웃었다.

"오른쪽 허벅지 안쪽에 사마귀가 있습니다요. 새끼 손톱만한 크기지요."

"알겠네."

퇴궐을 한 정약용은 사랑채에 들어서자마자 문을 굳게 잠갔다. 그러자 병풍 뒤에 숨어 있던 육중창과 이종원이 모습을 드러냈다. 솜을 두툼하게 넣은 방석인 보료 위에 앉은 정약용이 물었다.

"집 주변에 수상쩍은 자들이 보이더군."

피식 웃은 이종원이 대답했다.

"바보가 아닌 이상 우리들이 집에 없다는 걸 알아차렸을 겁니다."

"그래서 우리 집을 감시 중인 건가?"

"어설프게 감시해서 손쉽게 들어왔습지요."

"그래, 단서는 찾았는가?"

정약용의 물음에 이종원과 눈빛을 주고받은 육중창이 말했다.

"어느 정도는 맞춰졌습니다."

"어떻게 말인가?"

"닷새 전에 마포 나루에서 달비와 비슷한 체구를 가진 들병이 하나가 실종되었답니다. 꽃신을 이용해서 그 여인을 달비의 시신이라고 얘기한 것이죠."

"누구 소행인가?"

"눈구멍을 뚫은 삿갓에 죽장도를 든 자입니다. 나막신에 구멍 난 도포를 입은 걸 보면 검계가 틀림없습니다."

"검계라…."

정약용이 생각에 잠겨있자 이종원이 나섰다.

"모화관 앞에서 달비의 시신이 발견되고 조사가 시작되니까 벗어나기 위해 검계를 시켜서 애꿎은 들병이를 죽인 것입니다."

"죽은 여인이 달비가 아니라 들병이라는 물증이 있는가?"

"오른쪽 허벅지 안쪽에 새끼 손톱만한 사마귀가 있답니다."

이종원의 얘기를 들은 정약용이 잠시 생각에 잠겼다.

"우포청에서 제출한 검시장식에 그렇게 적혀있는 걸 본 기억이 나네. 하지만….”

두 사람을 번갈아 바라본 정약용이 말했다.

“그 정도 가지고는 어림도 없어.”

정약용의 얘기를 들은 육중창이 대답했다.

“물론 그 정도로는 지금 상황을 뒤엎을 수 없다는 걸 잘 알고 있습니다. 하지만 들병이를 죽인 검계의 자백이면 되지 않겠습니까?”

“그렇긴 하지만 무슨 수로 잡는단 말인가? 영조대왕 때 포도대장 장붕익이 검계의 조직원들을 붙잡아 발뒤꿈치를 베어 버리면서 자취를 감췄지만 근래에 다시 세를 키우고 있어.”

“잘 알고 있습니다. 매달 보름에 남산의 폐 사찰인 연화사 터에서 모인다고 들었습니다.”

“그곳에 간다고 해도 어찌 그자를 찾겠나? 모인 자들이 수십이 넘을 텐데 감당이 되겠는가?”

정약용이 걱정스러운 듯 말하자 육중창이 한숨을 쉬었다.

“사실 그게 제일 문제입니다요.”

육중창과 이종원의 어두운 표정을 보던 정약용이 뭔가 생각난 듯 말했다.

“그러고 보니 오늘이 보름이군.”

“그렇긴 합니다만….”

이종원의 반문에 정약용이 문을 바라봤다.

"바깥에는 포도부장 이세명이 보낸 감시자들이 있고 말이야."

거기까지 얘기한 정약용의 회심의 미소를 지었다. 두 군관들은 영문을 모른 채 서로의 얼굴을 바라봤다.

보고를 받은 이세명은 헐레벌떡 포졸들을 이끌고 정약용의 집 앞에 도착했다. 그의 지시를 받고 두 군관을 감시하던 무뢰배들이 다가와 고개를 조아렸다.

"저곳에 있는 게 확실해?"

이세명의 물음에 무뢰배들 중 우두머리가 대답했다.

"저와 부하들이 똑똑히 봤습니다요."

"두 놈 다?"

"예."

대답을 들은 이세명이 히죽 웃었다.

"감히 내 눈을 속이고 무슨 짓을 저질렀는지 알아봐야겠군. 빈틈없이 포위하고 들이쳐라."

기세등등하게 얘기한 이세명에게 군관 하나가 조심스럽게 말했다.

"저 집에 형조참의 정약용이 살고 있습니다."

"형조참의라면?"

"맞습니다. 임금님의 총애를 받고 있고, 지난번 친국 때도

참여했었습니다."

"그래도 두 군관 놈들이 저 안에 있다고 하지 않았느냐?"

이세명이 뜻을 굽히지 않자 군관이 고개를 저었다.

"무슨 죄목으로 잡을지도 불분명하지 않습니까? 거기다 저 무뢰배들은 어제 두 군관들의 행방을 놓친 자들입니다. 이미 빠져나갔거나 잘못 봤다면 어찌하실 겁니까?"

군관의 간곡한 말에 이세명의 마음이 흔들렸다. 그때 뒷문 쪽에서 고함이 들렸다.

"거기 서라! 두 놈 다 빠져나간다!"

"무, 무슨 소리야?"

놀란 이세명이 허둥거리는데 포졸 하나가 달려왔다.

"포도부장 나리. 두 군관들이 뒷담을 타고 도망쳤습니다."

"뭐라? 두 놈이 확실하냐?"

이세명이 다그치듯 묻자 포졸이 고개를 끄덕거렸다.

"제 눈으로 똑똑히 봤습니다."

"그래, 어디로 도망치고 있느냐?"

"남산 쪽으로 갔습니다."

"알겠다. 다들 날 따르라!"

이세명의 외침에 포졸들은 물론 무뢰배들까지 한 덩어리로 뭉쳐서 남산 쪽으로 달려갔다. 사랑채의 문을 반쯤 열어놓은 채 그 광경을 지켜보던 정약용은 가볍게 한숨을 쉬었다.

"우리가 잘 하고 있는 걸까?"

남산의 산기슭을 뛰어가던 이종원의 물음에 숨을 헐떡거리던 육중창이 대꾸했다.

"그럼 다른 방법 있어?"

"없지."

"그럼 입 다물고 뛰기나 해."

"연화사는 얼마나 떨어져 있지?"

"저 고개만 돌아가면 나올 거야."

뒤에서는 이세명이 이끄는 포졸들과 무뢰배들이 횃불을 나눠들고 쫓아오는 중이었다. 너무 떨어지지 않게 거리를 유지하면서 검계들이 모이는 연화사 터로 유인하는 중이었다. 숨을 헐떡거리던 이종원이 물었다.

"검계 놈들이 정말 속아 넘어갈까?"

"그러지 않으면? 한밤중에 포졸들이 몰아닥치면 자기네들 잡으러 온 줄 알겠지."

"우린 그 틈에 마포나루의 들병이를 죽인 놈을 잡아가면 되는 거고?"

"그렇지. 겉만 봐서는 백면서생인데 괜히 형조참의가 된 게 아니었어."

얘기를 주고받던 두 사람은 연화사 터에 도달했다. 그곳에서도 횃불들이 몇 개 피워져 있었고, 그림자들이 보였다. 검계는 말 그대로 칼을 차고 다니는 자들의 모임이었다. 무뢰배들처럼 향도계에서 시작되었는데 집과 소를 팔아 칼을 사서 차고 다닌다는 말이 나올 정도로 칼에 미친 자들이 많았다.

낮에 자고 밤에 돌아다니며, 비 오는 날에 짚신을 신고, 화창한 날에 나막신을 신었다. 안에는 비단으로 된 옷을 입고, 밖에는 찢어지고 허름한 옷을 걸쳤으며, 얼굴을 가리기 위해 눈구멍을 낸 삿갓을 푹 눌러쓰고 다녔다. 한밤중에 남산에 모여서 연습을 하거나 대낮에 진법 훈련을 하면서 사람들에게 공포감을 안겼다.

장붕익에 의해 크게 소탕되었지만 그가 죽은 후에는 다시 모습을 드러냈다. 검계의 조직원들은 매달 보름밤 남산에 모여서 검술 연습을 했고, 그 사실을 아는 백성들과 순찰패들은 그때가 되면 남산 쪽은 얼씬도 하지 않았다. 인기척이 들려오자 연화사 터에 있던 검계들도 놀랐는지 누구냐고 외치는 소리가 들렸다. 바위 뒤에 몸을 숨긴 두 사람은 뒤쪽에서 들려오는 발자국 소리에 귀를 기울였다. 이종원이 숨을 헐떡거리며 물었다.

"설마 겁먹고 돌아가는 건 아니겠지?"

이종원의 걱정스러운 물음에 육중창이 고개를 저었다.

"여기까지 왔는데 그냥 돌아가지는 않을 거야."

육중창의 예상대로 이세명이 이끄는 포졸들과 무뢰배들이 연화사 터가 보이는 산마루에 도달했다. 포졸들이라는 외침이 들려왔고, 검계의 조직원들이 일제히 칼을 뽑아들었다. 긴장감어린 침묵이 이어지는 가운데 이세명이 나섰다.

"우포청 포도부장 이세명이다. 우린 도망친 죄인을 찾으러 왔다. 그러니 얌전히 협조해라!"

검계들 사이에서 웃음소리가 터져 나왔다. 그리고 잠시 후, 검계의 계주로 보이는 자가 복면을 쓴 채 앞으로 나왔다.

"포졸 나부랭이들을 데리고 와서 우리보고 협조하라고? 검계가 그렇게 만만하게 보이더냐!"

계주가 칼을 뽑아들고 치라고 외치자 일제히 검을 뽑아든 검계들이 고함을 지르며 달려들었다. 놀란 이세명이 막으라고 외치고는 뒷걸음질을 쳤다. 포졸과 무뢰배들이 검계와 충돌하면서 사방에서 고함과 비명이 터져 나왔다. 숨어있던 두 사람은 슬쩍 빠져나와서 포졸들이 위험에 처하면 도와줬다. 그러다 육중창이 이종원에게 말했다.

"저기야."

검계 무리 사이에 녹색의 죽장도를 뽑아든 자가 보였다. 이종원이 쇠도리깨로 덤벼드는 검계의 어깨를 내리치면서 얘기했다.

"쫓아가자."

둘은 검계와 포졸들 사이를 헤치며 녹색의 죽장도를 든 자에게 다가갔다. 그걸 눈치 챘는지 자취를 감췄다. 두 사람은 어둠 속으로 사라진 그를 찾기 위해 발걸음을 서둘렀다.

진고개로 이어지는 좁고 가파른 산길을 정신없이 내려가던 육중창은 위험한 낌새를 채고는 외쳤다.

"피해!"

나무 위에 숨어있던 검계의 조직원이 두 사람에게 몸을 날린 것이다. 옆으로 몸을 피하면서 아슬아슬하게 죽장도의 칼날을 피한 두 사람은 쇠도리깨와 육모 방망이를 단단히 움켜쥐었다. 쓰고 있던 삿갓을 벗어던진 검계는 죽장도를 비스듬히 든 채 양쪽에서 다가오는 두 사람을 번갈아 바라봤다. 세 사람의 기척에 놀란 부엉이가 신경질적으로 우는 가운데 풀벌레 우는 소리가 그쳤다. 두 사람은 빈틈을 찾으려고 했지만 검계의 조직원은 좀처럼 틈을 보이지 않았다. 오히려 길고 가느다란 죽장도를 회초리처럼 휘두르면서 두 사람의 접근을 막았다.

"이크!"

가까이 다가가던 육중창이 날아드는 죽장도의 칼날을 피해 황급히 뒤로 물러났다. 그 사이에 이종원이 육모 방망이를 휘두르며 접근했지만 죽장도의 칼날에 막히고 말았다. 다급해진 육중창이 외쳤다.

"이러다가 놓치고 말겠어."

"그걸 말하면 어떡해?"

이종원이 한심하다는 표정으로 바라보자 육중창 역시 화를 냈다.

"아니, 사실대로 말한 걸 가지고 왜 짜증을 내는데?"

"이 와중에 그런 말을 하니까 그렇지."

둘이 티격태격하자 긴장하고 있던 검계의 조직원이 잠시 느슨해졌다. 그 틈을 타서 둘은 쇠도리깨와 육모 방망이를 던졌다. 갑작스럽게 날아온 육모 방망이와 쇠도리깨를 피하느라 주춤한 검계의 조직원에게 두 사람이 몸을 날렸다. 셋은 그대로 뒤엉켜서 넘어졌다. 검계의 조직원은 덤벼드는 이종원을 발길질로 떨어뜨렸지만 육중창의 주먹은 피하지 못했다. 연거푸 내리치는 망치 같은 주먹질에 검계의 조직원은 곧 정신을 잃고 축 늘어졌다. 바닥에 넘어지느라 온몸에 진흙이 묻은 이종원이 투덜거리며 일어났다.

"젠장, 하마터면 놓칠 뻔 했네. 어서 데리고 가자."

"내가 짊어질 테니까 앞장 서."

육중창이 축 늘어진 검계의 조직원을 들쳐 메는 사이, 이종원이 그가 떨어뜨린 죽장도를 집어 들었다. 그리고 칼날에 적힌 글씨를 달빛에 비춰보고는 피식 웃었다.

"왜?"

육중창의 말에 이종원이 대답했다.

"칼날에 보조의천금[7]이라고 적혀있어서 말이야. 누가 검계 아니랄까봐."

두 사람이 검계의 조직원을 데리고 간 곳은 개천 근처에 있는 엽초전 창고였다. 담뱃잎이 매달려있는 창고로 들어선 두 사람은 바닥에 검계의 조직원을 눕히고 나서야 한숨을 돌렸다. 곧 검계의 조직원이 정신을 차릴 기미를 보이자 서둘러 손과 발을 묶었다. 잠시 후, 정신을 차린 검계의 조직원이 발버둥을 쳤다. 벽에 기댄 채 앉은 육중창이 말했다.

"이름이 뭐야?"

"채수원이외다."

이십 대 후반으로 보이는 검계의 조직원이 자신의 이름을 밝히자 육중창도 자신의 이름을 말하며 문가에 주저앉아있는 이종원을 가리켰다.

"나는 우포청 육중창 군관이고, 저쪽은 좌포청 이종원 군관이다."

"좌우포청의 군관이 어울려 다니다니, 해가 서쪽에서 뜨겠구려."

---

7. 보조의천금(寶釣宜千金) : 이 칼로 천금의 재물을 모으겠다.

피식 웃는 채수원에게 이종원이 짜증을 냈다.

“지금 웃음이 나올 처지가 아닌 거 같은데?”

“검계에 들어간 이상 죽음은 각오했소이다.”

“그렇게 멋있게 살려고 하는 놈이 고작 돈을 받고 계집을 죽여?”

이종원의 이죽거림에 채수원이 눈을 부릅떴다.

“그런 적 없소.”

“없긴, 마포나루에 사람이 많긴 하지만 눈구멍을 낸 삿갓에 죽장도를 끼고 나막신을 신고 다니면 눈에 띌 수밖에 없지. 네가 들병이를 데리고 가는 걸 본 사람이 한 둘이 아니야. 붉은색 저고리에 푸른 치마 차림이었잖아.”

이종원의 얘기를 들은 채수원이 고개를 딴 곳으로 돌린 채 입을 다물었다. 그걸 본 육중창이 혀를 찼다.

“예전에 포도대장 장붕익이 검계를 붙잡으면 양쪽 발뒤꿈치를 베는 월형을 거행했지. 왜 그런지 알아?”

채수원이 아무 대답도 하지 않자 육중창이 허리춤에서 장도를 뽑아들며 말했다.

“처형장까지 서서가지 못하게 하려고 그런 거야. 사람들이 많이 모이는 처형장까지 질질 끌려간다고 생각해봐. 얼마나 비웃음에 손가락질을 당할지 말이야.”

육중창의 말에 채수원의 얼굴이 파랗게 질려버렸다.

“정말 그랬단 말이야?”

“어차피 넌 저지른 죄 때문에 참수형을 면하지 못해. 그런데 마지막에 제대로 서서 형장까지 걸어가지 못하면 얼마나 손가락질을 받겠어. 검계답지 못하다고 말이야.”

체면을 중시하는 검계의 약점을 파고드는 육중창의 말에 채수원은 마침내 고개를 끄덕거렸다.

“다 얘기할 테니까 월형은 가하지 마십시오.”

“그건 네가 어떤 얘기를 하느냐에 따라 달라지지. 네가 범인이야?”

육중창의 물음에 채수원이 다급하게 고개를 끄덕거렸다.

“며칠 전에 아는 자가 찾아와서는 엽전 꾸러미를 내놓으며 부탁을 했소이다.”

“무슨 부탁?”

“키와 체구를 얘기하면서 비슷한 여인을 하나 죽이고 발에 꽃신을 신기라고 했소이다.”

“그런데 왜 마포 나루야?”

“거긴 사람들의 왕래가 많아서 여인을 찾기 쉬울 거라고 했습니다. 거기다 물에 빠트려야 하니까 마포 나루가 제격이었지요.”

“가서 죽인 게 들병이 맞지?”

“그렇소. 남편이나 아이가 없고, 떠돌이니까 죽여도 크게 신경 쓰는 사람이 없을 것 같아서 한적한 곳에 가서 술을 마시고 싶다고 한 다음에 찔러 죽였소이다."

"그리고 꽃신을 신긴 다음에 물에 버린 거야?"

채수원이 대답 대신 고개를 끄덕거리자 지켜보던 이종원이 다가와서 턱에 주먹질을 했다. 옆에서 날아온 주먹을 맞은 채수원이 쓰러지자 이종원이 화를 냈다.

"칼 한 자루로 천금을 모은다더니 죄 없는 사람을 죽여서 돈을 모으려고 한 것이냐? 짐승만도 못한 놈 같으니."

벽을 등진 채 몸을 일으킨 채수원이 대꾸했다.

"어차피 조선에서 칼에 미친 자는 사람 취급도 못 받소이다. 이러나저러나 검계답게 죽을 것이니 발뒤꿈치는 손대지 마시구려."

"어떤 놈이 시켰어?"

씩씩거리는 이종원의 물음에 채수원은 입을 다물었다. 그러자 육중창이 들고 있던 장도를 빼앗은 이종원이 채수원의 발목을 잡았다. 비명을 지른 채수원이 말했다.

"마, 말하겠소이다."

다음 날, 초췌한 표정의 포도부장 이세명이 우포도대장에게 고개를 조아렸다.

"어제 남산에서 검계를 소탕하였습니다. 모두 열일곱을 체포했습니다."

"우리 포졸들은?"

"둘이 크게 다치고 여섯이 상처를 입었습니다."

같이 데리고 간 무뢰배들도 여럿 죽었지만 그건 보고하지 않았다. 그러면서 한창 자신이 어떻게 검계를 소탕했는지 부풀려서 얘기하려는데 문 쪽이 소란스러웠다. 고개를 돌린 이세명은 육중창과 이종원이 젊은 사내를 끌고 들어오는 걸 봤다. 그 모습을 본 이세명이 소리를 질렀다.

"제 발로 기어들어오다니, 배짱 한번 두둑하구나! 당장 체포하라!"

그러자 젊은 사내를 바닥에 내팽개친 육중창이 외쳤다.

"우리를 무슨 죄로 체포한단 말이오? 우린 파직당한 거지 죄를 지은 게 아니외다."

육중창의 호통에 이세명은 우포도대장의 눈치를 봤다. 대청의 의자에 앉아있던 우포도대장이 몸을 일으켰다.

"포도부장은 무슨 죄로 육 군관을 잡으려고 한 건가?"

"그, 그러니까 파직당한 주제에 사건을 계속 조사하려고 해서 그랬습니다."

"엉터리로 조사한 것을 파헤친 것이 죄란 말이오?"

우렁차게 외친 육중창이 바닥에 쓰러진 채수원을 가리켰다. 채수원이 고개를 든 채 말했다.

"나는 검계의 계원인 채수원이외다. 며칠 전에 마포 나루에서 들병이를 유인해서 칼로 찔러 죽이고 꽃신을 신겨서 물 속에 빠트렸소이다."

채수원의 자백에 이세명의 얼굴이 파랗게 질렸다. 그리고 황급히 우포도대장에게 말했다.

"설마, 저 자의 자백을 믿으시는 건 아니겠지요?"

"검계의 조직원이라면 고문을 당하는 걸로 거짓 자백을 할 자들은 아닐세."

딱 잘라 말한 우포도대장이 도로 의자에 앉으며 육중창을 바라봤다.

"마포 나루에서 죽은 여인이 신은 꽃신은 죽은 달비가 신기에는 너무 작았습니다. 거기다 죽은 들병이의 허벅지 안쪽에 사마귀가 있었고, 결정적으로 붉은색 저고리를 입고 있었습니다. 죽은 달비는 노란색 저고리를 입었다는 게 노비들의 자백과 검시 결과 확인되었고 말입니다."

육중창의 말에 사람들이 술렁거리자 이세명이 코웃음을 쳤다.

"웃기는 소리 하지 마라. 시신과 옷가지들이 모두 불에 타 없어졌는데 무엇으로 그걸 증명한단 말이냐?"

그 때, 불쑥 나타난 임 노인이 말했다.

"모화관 밖에서 발견된 시신과 마포 나루에서 발견된 시신은 모두 제가 보관하고 있습니다."

"뭐라고?"

놀란 이세명의 외침을 무시한 임 노인이 이종원을 바라봤다.

"제가 거처하는 움막의 바닥에 임시로 묻었습니다. 그리고 옷가지와 신발도 불태우지 않고 제가 보관하고 있다가 이 군관에게 넘겼습니다. 아울러 검시장식을 확인한 결과 마포 나루에서 죽은 여인의 발은 모화관에서 죽은 여인의 발보다 훨씬 작습니다. 그리고 허벅지 안쪽에 사마귀가 있는 게 맞습니다."

임 노인의 얘기를 들은 우포도대장이 육중창에게 물었다.

"그럼 검계의 조직원이 왜 애꿎은 들병이를 죽였단 말이냐?"

"누군가의 사주를 받았다고 자백했습니다."

"그게 누군가?"

우포도대장의 물음에 육중창은 대답 대신 희미하게 웃었다.

"지금 그자를 체포하러 갈 것입니다. 허락해주십시오."

육중창의 말에 고민하던 우포도대장이 입을 열었다.

"일단 입궐해서 사건의 전모를 고하겠네."

우포도대장이 일어나려는 찰나, 대문에서 관복 차림의 정약용이 들어섰다. 주변을 살핀 정약용이 이종원과 육중창의 옆을 지나 우포도대장 앞에 섰다.

"형조참의께서 여긴 어쩐 일인가?"

우포도대장의 물음에 정약용이 가볍게 헛기침을 했다.

"전하께서 이번 사건의 전모를 속히 밝히라고 하셨습니다. 그래서 제가 직접 살피겠다고 하였지요."

"그럼 전하께서도 이 일을 아신단 말인가?"

"전하께서는 모르는 일이 없으십니다."

정약용이 단호하게 얘기하자 우포도대장이 육중창에게 말했다.

"지금 즉시 포졸들을 이끌고 가서 범인을 체포하라."

"고맙습니다."

육중창이 신이 난 목소리로 대답하자 이세명이 끼어들었다.

"신중하셔야 합니다."

"어명 앞에서 신중할 수는 없는 법이지. 자네는 나서지 말게."

"예."

우포도대장의 말에 이세명은 고개를 숙인 채 뒤로 물러났다.

"빨리 빨리 쓸어라. 도련님께서 곧 사냥을 나가시는데 대문 주변이 지저분하면 안 되잖아."

잔소리를 하던 청지기는 머리에서 통증이 엄습해오자 얼굴을 찡그렸다. 그러다가 한 무리의 사내들이 다가오는 걸 봤다. 제일 앞에 자기 머리를 깬 육중창이 있는 걸 보고는 화들짝 놀랐다. 청지기를 알아본 육중창 역시 씩 웃었다.

"나한테 한 대 더 맞을래? 아니면 곱게 포도청으로 갈래."

"포, 포도청이라니요? 제가 무슨 잘못을 했다고!"

청지기가 목소리를 높이자 육중창은 손에 들고 있던 육모방망이를 내리쳤다. 꽥 하는 소리를 낸 청지기가 바닥을 뒹굴며 머리를 감쌌다. 그 모습을 내려다보던 육중창이 혀를 찼다.

"그러게 곱게 따라왔어야지."

육중창이 축 늘어진 청지기를 끌고 사라질 때까지 노비들은 아무도 입을 열지 못했다.

우포청으로 끌려온 청지기는 형틀에 묶일 때까지 정신을 차리지 못하다가 육중창이 뿌린 물에 겨우 정신을 차렸다. 그는 자신의 바로 옆에 검계의 조직원인 채수원이 묶여 있는 걸 보고는 파랗게 질렸다. 그 모습을 지켜보던 육중창이 우포도대장과 소식을 듣고 한걸음에 달려온 좌포도대장에게 말했다.

“이자가 바로 검계의 조직원에게 살인을 사주한 자입니다.”

우포도대장이 형틀에 묶인 채 우두커니 앉아있는 채수원에게 물었다.

“육 군관의 말이 사실인가?”

“그렇소이다. 이자가 나에게 살인을 사주하였소이다.”

“마, 말도 안 됩니다. 저는 그런 적이 결단코 없습니다.”

청지기가 아니라고 외치자 육중창이 주리를 틀 때 쓰는 막대기인 붉은색 주릿대를 손에 쥔 채 눈을 부라렸다.

“내가 직접 형신을 할 것이야. 이걸로 네 정강이뼈를 볼 수 있게 해주마.”

돌아가는 분위기가 심상치 않은 걸 눈치 챈 청지기는 마침내 고개를 숙였다.

“아이고, 시키는 대로 했을 뿐입니다. 제발 살려주십시오.”

“누가 지시했느냐?”

옆에서 지켜보던 이종원의 물음에 청지기가 마른 침을 삼켰다.

“공두서 대감입니다.”

“아들인 공규준이 아니고?”

“도련님께서 달비를 죽이고 나서 대감님께 고한 모양입니다. 크게 노해서 도련님을 꾸짖고는 저를 따로 불렀습니다.”

“그래서 뭐라고 했느냐?”

“시신을 도로 가져올 수 있느냐고 해서 날이 밝으면 사람들 눈에 띌 것이니 어려울 것이라고 했습니다. 그 얘기를 듣고 잠시 생각을 하다가 저에게 하명을 하였습니다.”

“검계를 사주해서 다른 여인을 죽이고 달비로 위장하라고 말이냐?”

“그렇습니다. 시신이 발견되면 근처를 조사할 것이고, 범행이 밝혀질 수 있다면서 다른 곳에서 시신이 발견되면 혐의를 벗을 수 있을 것이라고 했습니다. 그래서 평소 알고 지내던 검계에게 맡기겠다고 했더니 승낙하시고는 엽전 꾸러미를 주셨습니다.”

청지기의 자백을 들은 좌우포도대장은 아무 말도 하지 못한 채 충격에 빠졌다. 정승 바로 아래 관직인 판서가 자식을 위해 검계를 통해 살인을 사주했기 때문이다. 그 사이, 눈치를 보던 이세명이 자리를 떴다. 그리고 뒷문으로 나가려 했지만 육중창과 이종원이 한발 빨랐다. 그의 앞을 가로막은 이종원이 물었다.

“어딜 그리 급하게 가십니까?”

“그, 그게.”

“옥졸들에게 이미 들었습니다. 친국이 있기 전날, 감옥에 있던 공두서 대감 댁 노비들을 협박한 게 바로 나리지요?”

“무슨 헛소리냐?”

정색을 한 이세명의 반박에 육중창이 나섰다.

"마포 나루에서 발견된 시신이 달비라고 서둘러 결론내고, 혹시나 탈이 날까봐 시신과 유품들을 수거해서 불에 태운 것도 공두서 대감의 사주를 받은 것이 아닙니까?"

두 사람의 추궁에 이세명은 고개를 절레절레 저으며 환도를 뽑아들었다.

"출세를 위해 윗사람에게 잘 보이는 것이 무슨 문제지? 세상에 다 너희들 같은 놈들만 있는 줄 알아?"

이세명의 변명에 육중창이 육모 방망이를 꺼내 쥐면서 대답했다.

"달비를 죽인 공규준이나 들병이를 죽이라고 사주한 공두서 대감보다 네 놈이 더 나빠. 권력을 가진 자가 부당하게 그 힘을 사용할 때 죄 없는 사람들이 피해를 입을 수밖에 없어. 우리가 할 일은 그걸 막는 일인데 너는 오히려 그 일에 앞장섰잖아."

"나는 내 할 일을 했을 뿐이야."

이세명이 환도를 휘두르며 다가오자 육중창은 뒤로 물러섰다. 그 틈에 이종원이 쇠도리깨를 휘두르며 덤벼들었다. 이세명이 몸을 틀어서 피하려고 했지만 이종원은 그것까지 염두에 두고 쇠도리깨를 휘둘렀다. 이마에 쇠도리깨를 맞은 이세명이 비틀거리며 뒤로 물러났다. 그 틈에 육중창이 괴성을 지르며 덤벼들었다. 육중창의 주먹세례에 이세명은 코피를 흘리며 쓰러졌다. 육중창은 쓰러진 이세명이 정신을 잃을 때까지 주먹질을 했다.

경희궁의 존현각에서 책을 읽던 왕은 애체를 벗고, 정약용을 바라봤다.

"그것이 사건의 전모인가?"

"그렇사옵니다. 검계의 조직원과 청지기, 그리고 공두서 대감의 지시를 받고 사건을 조작한 우포청의 포도부장이 모두 자백을 하였습니다."

"그렇다면 돈의문 밖 모화관 앞에서 발견된 시신은 평양 출신 기생인 달비가 맞느냐?"

"그것 역시 소신이 확인했습니다. 포도부장이 시신을 모두 수거해서 불태웠지만 오작인이 다른 시신을 내주고, 유품도 다른 사람의 것을 줬다고 하옵니다."

"병조판서가 그런 짓을 저지를 줄은 몰랐네."

"자식의 일이기 때문에 그런 것 같습니다. 하지만 포도부장과 사사롭게 결탁해서 노비들의 자백을 번복한 것도 그렇고, 조사에 혼선을 주기 위해 검계를 사주해서 죄 없는 여인까지 죽인 죄는 결단코 그냥 넘어갈 수 없사옵니다."

정약용의 애기를 들은 왕은 한숨을 쉬었다. 왕이 주저하는 걸 본 정약용이 고개를 조아렸다.

"설사 자백이 거짓이라고 해도 불경죄는 피해갈 수 없사옵니다."

"불경죄라…."

왕의 중얼거림을 들은 정약용이 힘주어 말했다.

"친국을 할 때 공두서 대감과 그의 아들 공규준은 달비가 죽지 않고 도망쳤다고 했습니다. 아울러 노비들을 사주해서 거짓으로 자백하도록 하였습니다. 이것이 전하를 속인 불경죄가 아니고 무엇입니까?"

왕이 묵묵히 듣기만 하자 정약용이 덧붙였다.

"살인죄는 가벼울 수 있지만 임금을 속인 불경죄는 무겁나이다."

정약용의 대답을 들은 임금이 쓴 웃음을 지었다.

"어찌 왕을 속인 죄가 사람을 죽인 죄보다 더 클 수 있단 말이냐? 병조판서 공두서와 그의 아들 공규준을 의금부에 가두고 추국하도록 하라. 관련자들도 모두 빠짐없이 조사해서 어떤 자가 무슨 죄를 저질렀는지 명백하게 밝혀서 한 치의 억울함도 남지 않도록 하여라."

"신이 직접 조사하도록 하겠나이다."

얘기를 마친 정약용이 일어나려고 하자 애체를 도로 쓴 왕이 물었다.

“마포 나루에서 죽은 여인의 이름이 무엇인가?”

“술과 몸을 파는 들병이라 따로 이름이 없었다 하옵니다.”

“사람으로 태어났는데 어찌 이름이 없단 말인가? 그 불쌍한 여인의 장례를 잘 치러주게.”

바위 아래로 물이 콸콸 흐르는 것을 본 공규준이 술잔을 높이 들었다.

“역시 물소리가 장쾌한 건 세검정을 따를 곳이 없구나.”

거문고를 타던 기생이 까르르 웃으며 맞장구를 치자 공규준은 단숨에 술잔을 비웠다. 그러다가 거문고 소리가 멈추자 눈을 부라렸다.

“아니, 왜 거문고를 멈추느냐! 내가 계속 타라고 하지 않았느냐!”

하지만 기생은 눈만 껌뻑거렸다. 화가 난 공규준은 기생의 머리를 움켜쥐었다.

“네가 나를 무시하는 게냐? 우리 아버지가 누군지 알고!”

그때 세검정의 계단을 올라온 육중창이 혀를 찼다.

“그놈의 아버지 좀 그만 팔지?”

육중창의 모습을 본 공규준이 이를 갈았다.

“네놈이 감히 어디라고 여길 오느냐?”

“세검정이 다 네놈 거야?”

육중창의 옆에서 올라온 이종원이 비아냥거렸다. 분위기가 심상치 않은 걸 깨달은 양반과 기생들이 썰물처럼 빠져나갔다. 화가 나서 일어나려던 공규준은 술에 취한 바람에 비틀거리고 말았다. 난간을 잡고 겨우 일어난 공규준이 두 사람에게 삿대질을 했다.

"네놈이 우리 집안을 모함하다가 파직을 당하고도 정신을 못 차렸느냐? 이번에는 아예 물고를 내버리고 말겠다."

그러면서 정자 아래 있던 노비들에게 외쳤다.

"뭣들 하느냐! 당장 이놈들을 잡아서 매를 쳐라!"

주춤거리던 노비들이 움직이려고 하자 이종원이 아래에 대고 외쳤다.

"우린 어명을 받고 왔다. 우리 몸에 손을 대는 자는 신분고하를 막론하고 불경죄로 처벌 받을 것이야!"

이종원의 호통에 공규준이 키득거렸다.

"어명이라니, 어디서 헛소리를 하는 게냐."

"그만 정신 좀 차려. 네 아비는 아까 의금부로 끌려갔어."

육중창의 말에 충격을 받은 공규준이 말했다.

"뭐, 뭐라고!"

"얌전히 따라오지 않으면 어디 하나 부러질 줄 알아."

육중창의 호통에 공규준은 다리의 힘이 풀렸는지 그대로 주저앉고 말았다.

두 사람에게 붙잡혀서 의금부로 끌려온 공규준은 먼저 와 있는 아버지 공두서를 보고는 비로소 일이 잘못된 걸 깨달았는지 얼굴의 핏기가 사라졌다. 나란히 형틀에 묶인 두 사람 앞에 추국관으로 임명된 정약용이 모습을 드러냈다.

"이번 사건을 명백하게 밝히라는 어명이 있었습니다. 필요하면 형신을 가해도 좋다고 하였지만 일단 먼저 자백을 기다리도록 하겠습니다."

정약용의 말에 하늘을 바라보며 한숨을 쉰 공두서가 입을 열었다.

"나를 여기로 끌고 온 걸 보면 확실한 증거들이 있는 모양이군. 빠짐없이 털어놓겠네."

옆에서 그 얘기를 들은 공규준이 아버지를 쳐다봤다.

"아버지!"

"이게 다 자식을 잘못 키운 내 잘못이지."

"그럼 죄를 인정하시는 겁니까?"

정약용의 물음에 공두서가 고개를 끄덕거렸다.

"아들놈이 첩을 죽이고 시신을 밖에다 버렸다는 소리를 듣고 청지기를 따로 불렀네. 그리고 비슷한 체구의 여인을 죽여서 조사를 방해하려고 했지. 청지기가 검계를 안다고 해서 그쪽을 통해 손을 쓰라고 했네."

"아들의 죄를 감싸주기 위해서 애꿎은 여인을 죽이라고 한

게 사실입니까?"

"그렇다네."

"포도부장을 통해서 노비들을 겁박해 자백을 번복하고 조사를 방해한 것도 사실입니까?"

"그건 포도부장이 먼저 나서서 해준 거지. 나한테 잘 보이려고 그런 것 같은데 막지는 않았네."

공두서의 자백을 들은 정약용은 한숨을 쉬었다.

"전하께서 만약 병조판서가 죄를 자백하면 형신을 가하지 말고 귀양을 보내라는 지시를 내렸습니다."

정약용의 얘기를 들은 공두서가 물었다.

"내 아들은 어찌 되는 건가?"

"멀리 외딴 섬으로 유배를 보내라 하셨습니다."

"전하의 어진 마음에 깊이 감사드린다고 전하게."

정약용의 지시를 받은 나졸들이 결박을 풀었다. 그러자 비틀거리며 일어난 공두서가 경희궁이 있는 방향으로 절을 했다.

"불충한 소신에게 깊은 은혜를 베풀어주셔서 진심으로 감사합니다. 전하."

반면, 결박에서 풀린 공규준은 펄펄 뛰며 화를 냈다.

"그깟 천한 관기 하나 죽인 걸 가지고 나를 감히 유배를 보내? 언젠가 풀려나면 가만 놔두지 않겠어. 다들!"

그 얘기를 무시한 정약용이 계속 말했다.

"사주를 받고 들병이를 죽인 검계의 계원인 채수원과 사주를 한 청지기는 때를 기다려 참수형에 처한다. 자백을 번복한 노비들은 괘씸하지만 주인의 겁박을 받은 점을 인정해서 용서하고 방면한다. 조사를 방해한 우포도부장 이세명은 곤장 삼십 대를 치고 회령으로 유배를 보내고, 사건을 제대로 조사하지 않은 좌우포도대장 역시 파직하라는 어명이 계셨습니다."

조금 떨어진 곳에서 그 광경을 지켜보던 이종원이 혀를 찼다.

"달비를 죽이고 들병이를 죽이라고 사주한 자들은 유배형이고, 그 밑의 놈들은 참수형이라니. 부당하군, 몹시 부당해."

그러자 팔짱을 끼고 있던 육중창이 코웃음을 쳤다.

"하루 이틀 일도 아닌데 뭘."

귀양 갈 준비를 하기 위해 풀려난 두 사람이 의금부를 나가는 걸 본 이종원이 하늘을 올려다봤다. 그러면서 육중창에게 말했다.

"이제 우리가 나설 차례지?"

"아무렴."

며칠 후, 숭례문이 열리자 흑립과 도포차림을 한 공두서가 모습을 드러냈다. 의금부의 부장과 나졸들이 뒤를 따르는 가운데 하늘을 올려다 본 공두서가 뒤따라온 아들 공규준을 바라봤다. 여전히 불만스러운 얼굴을 하고 있던 공규준을 본 공두서가 타일렀다.

"부디 지은 죄를 뉘우치고 반성하면서 지내거라."

하지만 공규준은 아버지의 신신당부를 무시하고 딴 소리를 했다.

"얼른 한양으로 올라와서 나를 이 꼴로 만든 놈들을 모조리 죽여 버리고 말 겁니다."

여전히 자신의 죄를 반성하지 않은 아들의 모습을 본 공두서는 한숨을 쉬며 고개를 돌렸다. 북쪽의 철산으로 유배를 가게 된 공두서는 의주대로를 향했다. 남쪽의 거제도로 유배를 가게 된 공규준은 나졸들과 함께 경강으로 향했다. 어슬렁거리며 걷던 공규준은 나루터에 도착했다. 때마침 나룻배 한 척에 사람들이 타는 중이었다. 그곳에는 공규준을 데리고 갈 역졸들이 대기 중이었다. 의금부의 나졸들이 역졸들에게 공규준을 인수인계하는 사이에 갑자기 누군가 뛰쳐나와서 그의 멱살을 잡는다. 바로 곽중호였다.

"달비를 살려내라! 억울하게 죽은 달비를 살려내라고!"

의금부의 나졸들이 곽중호를 뜯어말리는 사이 역졸들은 서둘러 공규준을 나룻배에 태운다. 나룻배에 올라탄 공규준은 나졸들에게 붙잡힌 곽중호에게 말했다.

"내가 돌아오면 너도 가만히 놔두지 않겠어! 목을 싹둑 베어버리고 말 거라고!"

씩씩거리는 공규준을 달래려고 했는지 역졸 하나가 곰방대를 건넸다. 나룻배의 뱃전에 걸터앉은 공규준은 곰방대를 문 채 담배를 피웠다. 그런데 같이 타고 있는 사람들의 시선이 심상치 않았다. 무엇보다 어디선가 본 것 같은 얼굴이라는 것이 마음에 걸렸다.

"누구지?"

그때, 전립을 푹 눌러쓴 채 뱃머리에 앉아있던 역졸이 일어났다. 그리고 전립을 천천히 벗었다. 그걸 본 공규준은 놀라서 입을 다물지 못했다.

"네, 네놈은!"

그러자 역졸로 변장한 채 곰방대를 건넸던 육중원 역시 얼굴을 드러낸다.

"무슨 짓거리야!"

벌떡 일어나 화를 내려던 공규준은 갑자기 어지러움을 느끼면서 털썩 주저앉는다. 전립을 벗은 이종원이 그에게 다가가 곰방대를 뺏었다.

"담뱃잎 안에는 사람의 정신을 몽롱하게 만드는 약이 들어있지."

"뭐, 뭐라고."

곰방대를 든 이종원이 육중창의 옆에 앉아있는 흑립을 쓴 사내를 가리켰다.

"이 담뱃잎은 네놈한테 억울하게 아들을 잃은 연초전 주인이 마련해 준거야."

천천히 일어나 흑립을 벗은 연초전 주인의 모습을 본 공규준은 파랗게 질렸다. 그러자 육중창이 장옷을 뒤집어 쓴 채 뱃머리에 앉아있는 중년의 여인을 가리켰다.

"너에게 겁탈당하고 스스로 목숨을 끊은 처녀의 어머니일세. 그리고 나머지 사람들도 모두 너에게 가족들을 잃거나 고통을 당한 사람들이야."

"무, 무슨 짓이야! 내가 누군 줄 알고!"

약 때문에 몽롱해진 공규준이 사방으로 손을 휘저으며 소리쳤다. 그 모습을 본 육중창이 혀를 찼다.

"어쩌나, 여긴 강 한복판이라 널 지켜줄 게 없네."

그 얘기가 끝나기가 무섭게 연초전 주인과 중년의 여인을 비롯한 배 안의 사람들이 모두 단검을 뽑아든다. 그러자 겁에 질린 공규준은 비명을 질렀다.

"으악! 살려줘."

이리저리 피하다가 균형을 잃은 그는 물속에 빠지고 말았다. 겨우 뱃전을 잡은 공규준은 벌벌 떨면서 이종원에게 말했다.

"내가 잘못했어. 잘못했으니까 살려줘."

그러자 연초전 주인이 뱃전에 서서 말했다.

"용서는 저승에 가서 내 아들한테 빌어."

연초전 주인이 당장이라도 찌를 것 같은 말투로 얘기하자 공규준은 뱃전을 잡은 손을 놨다. 물에 빠진 공규준은 허우적거리면서 살려달라고 외쳤다. 그런 모습을 본 육중창이 혀를 찼다.

"담뱃잎에 섞인 약 때문에 손발이 무거워졌으니 발버둥 쳐봤자 소용없어. 저승에 가서 달비랑 다른 사람들에게 사죄해."

끝까지 버티던 공규준은 꼬르륵거리며 물속으로 가라앉았다. 그가 다시 떠오르지 않는 걸 확인한 이종원이 손짓을 하자 나룻배가 다시 앞으로 나아갔다. 나룻배가 건너편에 도착하자 역졸들의 모습이 보였다. 예전에 공규준에게 매질을 당했던 적이 있던 역졸들은 두 사람의 계획에 기꺼이 동참했다. 배로 다가온 역졸들에게 이종원이 말했다.

"그자는 처리되었으니 말만 맞추면 된다네."

이종원의 얘기에 역졸들 중 한명이 대답했다.

"배를 타고 가는데 갑자기 난동을 부리다가 물에 뛰어든 것이라고 하겠습니다. 곧장 떠내려가서 미처 손을 쓸 수 없었다고 말이죠."

"나룻배에 탄 사람들이 증인이 될 것이니 너무 염려 말게."

"물론입니다요. 원수를 갚아주셔서 감사합니다. 군관 나리."

사람들을 태운 나룻배는 그대로 다시 돌아왔다. 나루터에서 기다리고 있던 곽중호가 두 사람이 내리자마자 물었다.

"그놈은 죽었습니까?"

질문을 받은 육중창이 고개를 끄덕거렸다.

"천벌을 받아서 저승으로 갔네."

대답을 들은 곽중호는 홀가분한 표정을 지었다.

"이제 마음 편히 고향에 돌아갈 수 있겠군요."

"가서도 그녀를 잊지 마시게."

"물론입니다. 좋은 사람이었는데…."

말끝을 흐린 곽중호가 괴나리봇짐을 추스른 채 돌아섰다. 멀어져가는 그의 뒷모습을 보던 이종원이 중얼거렸다.

"이번 사건도 이렇게 끝이군."

기와의 비밀

창덕궁 후원의 주합루 2층 규장각에서 책을 읽던 정약용은 인기척을 느끼고 고개를 들었다. 철릭을 입고 전립을 쓴 두 군관이 계단을 올라오는 걸 보고는 읽던 책을 덮었다. 두 사람이 다가오자 정약용이 농담을 건넸다.

"복직하고 나더니 신수가 더 훤해졌군."

"저승에 한 발 디뎠다가 빠져나와서 그럴지도 모르죠."

이종원의 가벼운 농담에 정약용은 자리를 권했다.

"이제 의열궁의 사라진 기와 사건을 조사할 때가 되어서 불렀네."

"오독수라는 내관이 아직 입을 열지 않았습니까? 우리가 조사해보겠습니다."

이종원의 대답에 정약용이 고개를 저었다.

"그자는 앞으로 영원히 입을 열지 못할 거야."

정약용의 얘기를 들은 육중창이 조심스럽게 물었다.

"죽었습니까?"

"의금부에서 물고가 되었네. 방인득도 그렇고 복이도 비슷하게 죽었지."

"누가 손을 쓴 게 틀림없습니다."

"맞아. 우리가 조사한다는 걸 알고는 손을 쓴 게 틀림없어."

"영암으로 유배를 갔는데 어떻게 올라왔는지는 확인했습니까?"

"지금 영암 현감을 압송해서 조사 중일세. 보름에 한번 점고를 하는데 관아에 오지 않아서 사람을 보내 그가 있는지만 확인했다고 하는군. 유배지를 벗어난 게 벌써 몇 달은 되었는데 말이야."

정약용의 설명에 이종원이 한숨을 쉬었다.

"단순히 기와가 사라진 정도의 사건이 아니군요. 기와를 산 사람도 의심스럽고, 무엇에 쓰려고 하는지도 밝혀지지 않았고 말입니다."

"확실한 건 오독수가 전하의 즉위를 노골적으로 반대했던 내시부 내관들 중 한 명이었고, 그 때문에 유배형에 처해졌다는 점일세."

"의붓형도 처형당했고 말입니다. 그런 자가 유배지를 빠져나와 한양에 숨어든 것도 모자라서 왕궁에서 쓰는 기와를 손에 넣었다니, 너무 이상합니다."

이종원의 얘기에 육중창이 맞장구를 쳤다.

"뭔가 흑막이 있는 게 분명합니다."

"방인득과 오독수가 모두 죽긴 했지만 애초부터 오독수가 방인득에게 의열궁의 기와를 구해달라고 했을 가능성이 높아. 문제는 방인득에게 기와 값으로 적지 않은 돈을 주었는데 그 돈의 출처도 불분명하네."

"아까 견지방에 산다고 하지 않았습니까? 거긴 한양에서도 집값이 높기로 손꼽히는 곳입니다. 유배지에서 도망친 내시가 사기에는 너무 비싸고 눈에 띕니다. 일단 그곳부터 시작하는 게 좋겠습니다."

육중창의 말에 이종원도 같은 생각이라는 듯 고개를 끄덕거렸다.

오독수가 살던 견지방의 집에 도착한 육중창은 담장과 주변을 살펴보며 중얼거렸다.

"생각보다 규모가 크네. 값도 만만치 않았을 텐데 어찌 샀을까?"

그런 육중창에게 이종원이 말했다.

"일단 거래를 알선한 집주릅부터 찾아보지. 뭔가 단서가 나올 거야."

"알겠어."

"그리고, 참의 영감께서는 통주(統主)를 불러주십시오."

"오독수의 집을 관할하는 통주 말인가?"

정약용의 반문에 이종원이 대답했다.

"그렇습니다. 한양의 모든 지역은 다섯 집을 하나로 묶어서 관리하는 오가작통법을 시행중입니다. 통주는 다섯 집을 관리하는 책임자이니 분명 아는 게 있을 겁니다."

얘기를 들은 정약용이 따라 온 형조의 관리들에게 통주를 데려오라는 지시를 내렸다. 그 사이에 육중창은 골목길에서 구걸을 하는 거지에게 엽전 한 닢을 주고 집주릅을 수소문했다. 견지방의 집주릅은 퇴직한 아전으로 검버섯이 가득한 노인이었다. 엽전 한 닢을 받은 집주릅은 육중창이 가리킨 집을 바라보면서 고개를 끄덕거렸다.

"내가 중개한 집이 맞네."

"누가 샀습니까?"

"통통한 얼굴에 기름기가 가득한 내시이었네. 궁궐에서 물러나서 거처할 집을 찾는다면서 나를 찾아왔지."

"언제 왔는지 기억나십니까?"

"다섯 달 전이었으니까 올 초일 걸세."

집주릅의 설명을 들은 육중창이 다시 물었다.

“집값은 얼마였나요?”

“백오십 냥으로 기억하네. 전 주인이 욕심이 많아서 백이십 냥을 주고 산 집을 몇 년 만에 삼십 냥이나 얹어서 불렀지 뭔가.”

혀를 차며 얘기한 집주릅에게 이종원이 물었다.

“집값은 뭘로 치렀습니까?”

“엽전으로 한 번에 다 치르고, 구문도 많이 떼어줬다네.”

유배지에서 몰래 도망쳐서 다른 곳도 아닌 한양으로 온 것도 그렇고 큰 기와집을 한번에 사들인 것도 모두 의심스러운 상황이었다. 육중창은 미심쩍은 표정으로 집주릅에게 질문을 이어갔다.

“집을 산 이후에는 누가 드나들었습니까?”

“없어. 가족이 올 줄 알았는데 혼자 살더군.”

“이렇게 큰집에 말입니까?”

육중창의 물음에 집주릅 노인이 고개를 갸웃거렸다.

“가끔 동네 아낙에게 빨래며 집안 청소를 맡기긴 했네.”

“그 아낙은 누굽니까?”

“저기 초가집 보이지? 그 집에 사는 영광 댁일세.”

옆에서 얘기를 듣던 정약용이 눈짓을 하자 형조의 관리들이 우르르 달려갔다. 잠시 후, 머리에 수건을 쓴 땅딸막한 여인이 영문을 모르겠다는 표정으로 끌려왔다. 정약용이 지켜보는 가운데 이종원이 물었다.

"자네가 영광 댁인가?"

"그, 그렇습니다. 군관 나리."

"저 기와집에 드나들면서 청소와 빨래를 해줬다고 들었네."

"돈을 받고 해준 적이 있긴 합니다."

영광 댁의 대답을 들은 이종원이 질문을 던졌다.

"집 안에 누가 있었지?"

잠시 생각하던 영광 댁이 손가락을 꼽아가며 대답했다.

"수염이 없는 집 주인이 있었고, 젊은 사내 한 명이 있었습니다."

"어떻게 생겼는지 기억나나?"

"아뇨. 제가 집에 갈 때마다 문을 닫고 방에 들어가거나 부채로 얼굴을 가렸습니다."

"항상 있었는가? 아니면?"

"제가 그 집에 자주 드나들지를 않아서 말이죠. 열흘에 한 번 정도 연통이 오면 가는 정도였습니다."

"다른 이상한 점은 없었나?"

"다른 건 모르겠고 귀신을 봤어요."

생각지도 못한 엉뚱한 애기에 이종원이 머리를 긁적거렸다.

"귀신을 봤다고?"

"네, 밤중에 소피가 마려워서 측간에 갔는데 글쎄, 그 집 지붕에 귀신이 붕붕 날아다니지 뭐에요. 아이고, 그때 생각만 하면 아직도 가슴이 두근거려요."

영광 댁과의 얘기를 마무리할 무렵, 통주가 불려왔다. 역시 중년의 사내였는데 찰방까지 지낸 전직 관리였다. 정약용에게 고개를 조아린 통주가 물었다.

"급히 부르신다고 해서 왔습니다. 어쩐 일이십니까?"

"이집 주인은 누구인가?"

기와집을 가리킨 정약용의 물음에 통주가 대답했다.

"곽산이 고향인 전직 내시 홍아문이라는 자입니다."

"언제 이곳에 왔지?"

"올 초로 기억합니다."

"만났을 때 수상하거나 눈에 띄는 점은 없었는가?"

"말을 삼가는 편이었습니다. 조용히 지낸다고 했는데 그 말대로 이웃과의 왕래가 적었고, 모습을 잘 드러내지 않았습니다."

"왕래를 하거나 드나든 자들은?"

"눈에 띄는 사람은 없었습니다. 영광 댁이 가끔 집안일을 해주러 드나들었고, 짚신 장수 곽가가 자주 드나들었지요."

"짚신 장수가 말이냐?"

단서가 될 만한 얘기를 들은 육중창이 끼어들었다.

"곽가라는 짚신 장수는 어디가면 만날 수 있습니까?"

"떠돌이 장사치라 며칠에 한번 짚신을 가지고 이곳에 나타나면 만날 수 있지. 어디 사는지는 몰라."

육중창은 곽가라는 짚신 장수가 나타나면 포도청으로 알려달라는 얘기를 끝으로 대화를 마쳤다.

대략 얘기를 마친 정약용과 두 군관은 오독수가 살던 집으로 들어섰다. 집은 특이하게도 사랑채와 안채가 마주본 채 지어졌다. 대문에는 행랑채와 부엌이 있었고, 뒷문 쪽으로는 별채가 있어서 그런지 가운데를 두고 담장처럼 전각들이 둘러싼 상태였다. 안으로 들어선 육중창이 중얼거렸다.

"마치 담장 안에 담장이 또 하나 있는 셈이군."

따라 온 좌·우 포도청의 포졸들과 형조의 관리들이 집 안팎을 샅샅이 뒤졌다. 하지만 숨어있는 자는 없었고 별다른 흔적도 나오지 않았다. 그 사이, 두 군관들은 안마당을 살폈다. 그러다 바닥에 떨어진 지푸라기들을 찾아낸 이종원이 육중창과 얘기를 주고받고는 정약용을 불렀다.

"마당에 떨어진 겁니다. 이거 말고도 잔뜩 흩어져있습니다."

"지푸라기로군. 마당에 왜 이게 있는 거지?"

"소의 여물을 줄 때 잘게 썰긴 하지만 여긴 소가 없습니다. 남은 건 무술 연습이죠."

"지푸라기로 말인가?"

"아닙니다. 짚을 인형처럼 만든 다음에 활로 쏘거나 칼을 휘둘러서 베거나 찌르는 연습을 하는 겁니다. 마당의 크기가 작으니 활을 쏜 건 아닌 거 같고 칼이나 창을 썼을 겁니다. 이 지푸라기들은 그때 베어진 것들이고요. 아마 연습이 끝나고 인형을 치웠겠지만 바닥에 떨어진 것까지는 못 치웠던 거 같습니다."

"점점 알 수가 없군."

지푸라기를 바라보던 정약용이 중얼거리는데 육중창이 말했다.

"의열궁에서 빼돌린 기와는 어디에 가져다 놨습니까?"

"지붕에 올려놨다고 하더군. 걷어가야 하는데 조사를 해야 할 거 같아서 그냥 놔두라고 했네. 오늘 조사를 하고 걷어갈 거야."

"그럼 사다리를 놓고 살펴봐야겠군요."

육중창의 말에 정약용이 형조의 관리들에게 사다리를 구해오라고 시켰다. 잠시 후, 이웃집에서 빌려온 사다리가 사랑채의 처마에 걸쳐졌다. 철릭 자락을 뒤춤에 구겨 넣은 이종원과 육중창이 지붕으로 올라갔다. 뒤따라 올라간 정약용이 외쳤다.

“용마루와 주변에 깔려있다고 들었네.”

비스듬한 기와지붕을 조심스럽게 밟고 용마루까지 올라간 육중창이 지붕의 기와를 꼼꼼히 살펴보다가 정약용을 돌아보며 말했다.

“확실히 의열궁의 기와가 눈에 띕니다. 더 크고 윤기가 납니다.”

“궁가의 물건이라 그렇다네. 일반 기와와는 다른 유약을 바르고, 굽는 시간도 다르지.”

“표면에 잔주름이 있습니다.”

“일부러 흠집을 낸 거라 들었네.”

“다른 의미가 있습니까?”

“모르겠어. 예전부터 그랬다고 하더군.”

의열궁에서 훔쳐 온 기와가 올려진 지붕을 바라보던 이종원이 중얼거린다.

“대체 왜 의열궁의 기와를 사서 올린거지? 임금이 쓰는 기와를 나도 써보겠다는 심보였을까?”

“그 정도였다면 다행이겠지만 여러모로 수상쩍네.”

정약용의 얘기를 듣던 이종원이 기와를 뚫어지게 바라봤다.

“흠집을 낸 곳에 흙과 작은 털들이 묻어있습니다.”

이종원이 가리킨 곳을 본 육중창이 어깨를 으쓱거렸다.

"바람에 날려 온 거겠지."

지붕을 살펴본 세 사람이 내려오자 형조의 관리들이 자루를 가지고 올라갔다. 기와를 뜯어내는 모습을 지켜보던 육중창이 정약용에게 말했다.

"여기서 뭔가 진행이 되고 있었고, 그게 밝혀지는 걸 막기 위해 입을 막으려 오독수와 방인득을 죽인 것 같습니다."

"무엇보다 그가 한양에 올라온 이유를 모르겠군. 고작해야 기와를 손에 넣기 위해서는 아닐 테고."

정약용의 얘기를 듣던 이종원이 끼어들었다.

"혹시 예전 동료를 만나기 위해서 올라온 건 아닐까요?"

육중창 역시 그럴 수도 있다고 말하자 정약용이 난감한 표정을 지었다.

"그렇다면 일이 진짜 복잡해지겠군. 하지만 내시들을 불러다가 조사를 할 수는 없네."

정약용의 얘기를 들은 육중창이 웃었다.

"우리가 조사하겠습니다. 죽은 오독수와 가까운 내시들의 명단을 넘겨주십시오."

다음 날 저녁, 경희궁의 개양문 밖으로 내시들이 쏟아져

나왔다. 궁에서 길게 머무는 장번과 짧게 들어갔다 나오는 출입번을 끝내고 나온 것이다. 엄격한 궁궐에서 벗어난 내시들은 떠들썩하게 웃으며 운종가 쪽으로 걸어갔다. 대부분 집으로 가기 전에 술을 몇 잔 걸치고 들어가려고 한 것이다. 길 건너편에서 개양문 밖으로 나오는 내시들을 지켜보던 이종원이 육중창에게 말했다.

"저 자가 나정세 같아."

이종원이 가리킨 내시를 본 육중창이 대꾸했다.

"저 자가 형조참의가 점찍은 내시 맞지? 오독수랑 가깝게 지내던."

"맞아. 따라가 보자고."

흑립과 도포를 쓰고 선비로 변장한 두 군관은 천천히 나정세의 뒤를 따랐다. 동료들과 함께 운종가를 걷던 나정세는 모전교 근처에서 헤어지고는 피맛골로 들어섰다. 두 사람 역시 친구처럼 웃고 떠들면서 피맛골로 접어들었다. 나정세가 주막집으로 들어서는 걸 본 육중창이 중얼거렸다.

"저긴 노름판이 열리는 주막이야. 아무래도 노름에 빠진 모양이군."

"재미있어지겠는 걸."

씩 웃은 이종원이 뒤따라오는 포졸들에게 기다리라는 뜻으로 흑립의 왼쪽을 매만졌다. 포졸들이 그 자리에서 대기하는 걸 본 이종원은 육중창과 함께 주막으로 들어섰다. 저녁 식사 시간이라 떠들썩한 분위기였다. 육중창은 굳게 닫혀있는 안방을 가리켰다. 이종원이 다 잡아들이라는 신호인 흑립의 오른쪽을 만졌다. 그러자 따라오고 있던 포졸들이 일제히 들이닥쳤다. 놀란 주모의 비명소리를 뒤로 한 채 두 사람은 안방의 문을 열어젖혔다. 곰방대를 물고 투전을 하던 노름꾼들 사이에 나정세가 얼떨떨한 표정으로 앉아있었다.

포졸들에게 노름꾼들을 데리고 나가라고 지시한 둘은 문을 닫고 방 안에 앉았다. 불안하고 복잡한 표정을 지은 나정세가 요란하게 헛기침을 했다. 육중창이 딱하다는 표정을 지었다.

"아니, 나라님을 모시는 내시를 노름판에서 보다니, 참 어이가 없습니다. 그려."

육중창이 은근한 말투로 쏘아붙이자 나정세는 창백한 얼굴에 땀을 줄줄 흘렸다.

"오랫동안 궁 안에서 일을 하다가 집에 가는 길에 잠깐 들린 걸세."

"그렇긴 합니다만 우리야 눈에 보이는 대로 보고할 수밖에요."

육중창의 말에 나정세가 황급히 주머니를 건넸다.

"열 냥일세. 이것 받고 모른 척 해주게."

"어허, 뇌물죄까지 추가되겠습니다."

육중창이 주머니를 바닥에 내려놓으며 말하자 이종원이 일어나서 나정세의 뒷덜미를 잡았다.

"아무래도 상관에게 가서 고해야겠습니다. 내시가 노름판에서 노름을 한 것도 모자라 뇌물을 써서 빠져나가려고 하다니 말입니다."

꼬박꼬박 존댓말을 쓰기는 했지만 대놓고 협박을 당한 나정세는 어쩔 줄 몰라 하면서 끌려나왔다.

"이거 보시게. 내가 내시 노릇을 못 하면 굶어 죽을 수밖에 없다네. 그러니 제발 사람 하나 살려준다고 생각하고 눈감아주게."

주막집 앞에서 애걸복걸하는 나정세와 안 된다고 하는 두 군관이 옥신각신하는 와중에 정약용이 슬쩍 모습을 드러냈다. 두 군관이 공손하게 인사를 하자 나정세 역시 정약용에게 매달렸다. 난감한 표정을 짓던 정약용이 조용한 곳에서 얘기를 하자면서 방 안으로 들어갔다. 부들부들 떨고 있는 나정세에게 정약용이 도박과 음주를 한 죄를 물으며 임금님이 이 사실을 알면 가만있지 않을 것이라고 슬쩍 말했다. 그러자 나정세는 정말 울상이 되어서 정약용에게 매달렸다.

"형조참의께서도 잘 아시겠지만 전하께서는 손톱만큼의 실

수도 용납지 않으시는 분이라…."

나정세의 얘기를 들은 정약용이 잠시 생각하는 척 하다가 입을 열었다.

"사정을 들어보니 매몰차게 굴 수는 없겠네. 그려."

"한번만 봐주십시오."

"생각해보니 한 번 실수한 것 가지고 너무 가혹한 것 같군. 대신 내가 알고 싶은 걸 얘기해주면 불문에 부치도록 하겠네."

"뭐든 대답하겠습니다."

살아날 길이 보인다는 생각에 나정세의 표정이 풀어졌다. 그런 나정세에게 정약용이 낮은 목소리로 물었다.

"영암에 유배를 갔던 내시 오독수가 한양으로 몰래 숨어들었네. 그자가 한양에 와서 동료들을 만난 것 같은데 누구누구를 만났는지 털어놓으면 이번 일은 모른 척 넘어가겠네."

정약용의 얘기를 들은 나정세는 한동안 입을 다물었다. 그러다가 조심스럽게 입을 열었다.

"비밀을 지켜주시면 드릴 말씀이 있습니다."

"약속하겠네."

정약용의 대답을 들은 나정세가 조심스럽게 입을 열었다.

"처음 봤을 때는 귀신인가 했습지요. 오독수가 자기는 죽어도 궁궐을 떠나지 않을 거라고 호언장담을 했거든요."

"그 자가 누구누구를 만났느냐?"

"소인을 비롯해서 예전에 알고 지냈던 내시들이었습니다."

그러면서 이름들을 하나씩 얘기했다. 정약용은 고개를 끄덕거리면서 이름들을 기억했다. 그리고 다시 물었다.

"만나서 무슨 얘기를 했지?"

잠시 머뭇거리던 나정세는 육중창과 이종원이 눈을 부릅뜨자 입을 열었다.

"자신을 귀양 보내고 의붓형을 처형한 임금님에 대한 지독한 증오를 쏟아냈습니다. 그리고 동료들에게 미리 대비하지 않으면 자신과 의붓형처럼 유배나 처형을 당할 것이라고 엄포를 놓았죠."

"미리 대비를 하라는 게 무슨 뜻이냐?"

정약용의 물음에 나정세가 고개를 저었다.

"소인은 오독수와 그렇게 친한 편은 아니라서 더 이상 깊은 얘기를 나누지 못했습니다. 오독수도 그걸 눈치 챘는지 그 다음에는 저를 빼놓고 만나는 것 같았습니다."

"누구랑?"

"내시들끼리도 서로 얘기를 하지 않는 게 많습니다. 저는 한 번 밖에 만나지 못해서 더는 알지 못합니다. 다만,"

주저하던 나정세가 덧붙였다.

"임금님이 머무는 편전이 어딘지 물어봤습니다."

"왜?"

"모르겠습니다. 지나가는 말처럼 물은 걸로 기억합니다."

그 뒤로 몇 가지를 더 물어본 정약용이 나정세를 돌려보냈다. 굽실거리며 나간 나정세가 문을 닫자마자 정약용이 한숨을 쉬었다. 그걸 본 이종원이 물었다.

"상황이 안 좋습니까?"

"오독수가 만난 내시들은 종5품 상탕을 비롯해서 모두 전하를 가까이서 모시는 자들일세."

"그럼 다 잡아들여서 문초를 하면 되지 않겠습니까?"

"일당이 전부 밝혀지지 않은 상황에서 섣불리 손을 댔다가는 어떤 일이 벌어질지 모르네."

"아직도 전하에게 반대하는 자들이 있단 말입니까?"

이종원의 조용한 물음에 정약용이 대답했다.

"전하께서 세손시절에 겪은 역경과 고난은 이루 말할 수 없는 지경일세. 즉위하신 이후에도 공공연하게 반대하는 자들이 많지. 특히 영조대왕의 계비인 정순왕후와 노론의 일파들이 반대 세력을 형성하고 있네. 더구나 궁궐 내부의 일은 최고 어른이라고 할 수 있는 정순왕후가 버티고 있는 상황이라서 쉽게 개입할 수 없네."

"그런 상황이었군요."

육중창이 비로소 이해가 된다는 표정으로 말하자 정약용이 덧붙였다.

"본래 즉위에 반대한 오독수를 비롯한 궁궐 내부의 반대파 내시들도 모두 적발해서 처벌하려고 했네. 하지만 정순왕후의 반대로 인해서 어쩔 수 없이 일부분만 처형하고 쫓아내는 데 그쳤지."

두 사람에게 궁궐 내부의 일을 얘기한 정약용이 당부했다.

"나는 일단 나정세가 얘기한 자들을 중심으로 조사를 진행할 것이니 두 사람은 계속 오독수가 한양에서 누굴 만나고 어떤 계획을 꾸몄는지 알아봐주게."

정약용의 설명을 들은 육중창이 걱정스러운 표정으로 말했다.

"오독수가 편전에 대해서 알아본 것과 의열궁의 기와로 자신이 살던 집 지붕을 덮은 것이 어떤 연관성이 있는 것 같습니다."

"어떤 연관 말인가?"

정약용의 물음에 육중창이 고개를 저었다.

"지금으로서는 잘 모르겠습니다. 아마 그 연결고리를 끊기 위해 오독수를 장살하지 않았나 싶습니다."

두 사람의 얘기를 들은 이종원이 끼어들었다.

"오독수가 쫓겨날 때 함께 유배된 내시들의 행방에 대해서도 알아봐달라고 해주십시오."

"믿을만한 사람을 보내서 조사를 해보겠네."

"그리고 영암 현감이 와서 문초를 받게 되면 알려주십시오. 참관해서 단서를 찾아보겠습니다."

"그자는 오늘 낮에 도착했네. 잠시 후에 의금부에서 조사를 하게 될 거야."

"그럼 저희들도 먼발치서 지켜보겠습니다."

"따라오게."

의금부에 도착하자 이제 막 심문이 시작되었다는 얘기를 들었다. 두 군관은 정약용을 따라서 심문이 이뤄지는 대리청 앞으로 향했다. 대리청 앞뜰에는 형틀에 앉은 영암 현감의 모습이 보였다. 심문관이 왜 오독수가 도망친 것을 몇 달 동안 몰랐느냐고 물었다. 영암 현감은 억울하다는 표정으로 대답했다.

"유배 온 죄인을 관리하는 보수주인(保授主人)이 뇌물을 받고 오독수가 사라졌다는 것에 대해서 입을 다물었고, 한 달에 한 번 관아에 나와서 점고를 받을 때에도 담당하는 아전이 자기가 봤다고 거짓으로 확인을 하는 바람에 최근까지 알지 못했습니다."

영암 현감의 얘기를 들은 육중창이 정약용에게 말했다.

"거짓말입니다."

"뭐가 말인가?"

"보수주인이 뇌물을 받았다는 거 말입니다. 얼마를 줬는지 모르지만 도망친 것이 발각되는 순간 큰 벌을 받을 게 분명한데 이를 모른 척 할 리가 없습니다."

육중창에 이어 이종원도 얘기했다.

"거기다 관아의 아전이 확인했다는 것만으로 넘어간다는 것도 이상합니다."

"무엇이 말인가?"

"보통 지방 관리들은 한양이나 궁궐의 일에 관심이 많기 때문에 유배 온 관리나 내시들을 자주 보면서 얘기를 들으려고 하기 때문이죠."

두 사람의 얘기를 듣던 정약용이 무거운 표정으로 영암 현감을 바라봤다. 심문관이 잠시 생각하다가 입을 열었다.

"여러 가지 이상한 점이 있지만 관리에게 형신을 가하기 위해서는 조정의 허락이 필요하다. 따라서 영암 현감을 일단 하옥하고 추후에 조사하도록 하겠다."

그렇게 조사가 끝나고 영암 현감은 감옥에 갇혔다.

다음 날, 좌포청에 출근한 이종원에게 견지방의 통주가 보낸 노비가 찾아왔다.

"주인마님께서 짚신 장수 곽가가 왔다고 전해달라고 합니다."

이종원은 포졸 한 명에게 우포청으로 가서 육중창에게 견지방으로 오라는 지시를 내리고는 노비를 따라 견지방으로 향했다. 오독수가 살던 기와집 앞에 도착하자 통주가 짚신 장수 곽가와 얘기를 나누는 게 보였다. 짚신이 주렁주렁 매달린 장대를 매고 있던 곽가는 철릭 차림의 포도청 군관을 보고는 눈이 커졌다. 빼빼 마른 몸에 앙상한 팔뚝을 한 곽가를 이종원이 달랬다.

“뭘 물어보려고 한 거니 겁먹지 말게.”

잠시 후, 소식을 듣고 온 육중창이 도착했다. 두 사람은 아직도 떨고 있는 짚신 장수 곽가를 통주의 집 행랑채로 데려갔다. 그리고는 이종원이 자초지종을 캐물었다.

“아까 봤던 통주에게서 집 주인이 너에게 짚신을 샀다는 얘기를 들었다. 사실인가?”

“그 집말입니까? 맞습니다. 소인이 짚신을 팔았지요.”

“원래 안면이 있었나? 아니면.”

“없었습니다. 견지방으로는 닷새나 엿새에 한 번 왔습지요. 올 초에 그 집 앞을 지나는데 갑자기 문이 열리더니 집 주인이 저를 불렀습니다.”

“수염이 있었나? 없었나?”

“없었습니다. 피부도 우리랑 다르게 뽀얗고 살도 쪄서 제법 풍채가 있었지요.”

“그자가 뭐라고 하면서 짚신을 사든가?”

“쇠털로 만든 짚신이 있는지 물었습니다.”

짚신 장수 곽가의 얘기를 들은 이종원이 육중창을 바라봤다가 다시 물었다.

“쇠털로 된 짚신은 왜?”

“저도 모르겠습니다. 그냥 있는 대로 달라고 하고, 다음에 여러 켤레를 만들어서 가지고 오면 다 산다고 했습니다.”

“그걸 어디다 쓴다고 그러던가?”

“아이고, 저 같은 놈에게 그런 걸 왜 얘기해주겠습니까?”

“돈은 꼬박꼬박 치렀고?”

“항상 선금을 두둑하게 줬습니다.”

“넘겨준 게 몇 켤레나 되나?”

질문을 받은 짚신 장수 곽가가 손가락을 곱아보다가 대답했다.

“대략 여든 켤레는 넘는 것 같습니다요.”

“반 년 정도 밖에 안 되었는데 여든 켤레나?”

이종원이 이해가 가지 않는다는 듯 고개를 갸웃거리는 사이, 육중창이 물었다.

“집 안에 다른 사람이 있는 걸 보았나?”

“대문을 열고 얘기를 나눠서 안에는 들어간 적이 없었습니다. 그런데 딱 한 번, 안에 누가 있는 걸 봤습지요.”

“그게 누군가?”

육중창의 물음에 짚신 장수 곽가가 말했다.

“집 주인의 조카뻘 정도 되어보였습니다.”

“어떻게 생겼는지 기억나나?”

“어, 그러니까 얼굴은 희고 길쭉한데 왼쪽 눈 아래 큰 점이 있었습니다.”

짚신 장수 곽가의 대답을 들은 육중창이 통주에게 종이와 먹, 그리고 붓을 가져다달라고 부탁했다. 지켜보고 있던 통주가 자신이 쓰던 걸 가져다주자 육중창이 종이 위에 그림을 그렸다. 그러자 짚신 장수 곽가가 말했다.

“딱 이렇게 생겼습니다.”

“더 아는 건 없나?”

짚신 장수 곽가는 그 이상 아는 게 없다고 말했다. 그를 돌려보낸 두 사람은 좌포청으로 가면서 얘기를 나눴다. 이종원이 육중창에게 말했다.

“쇠털로 삼은 짚신을 신는 사람은 둘 중 하나지.”

“맞아. 포도청 사람 아니면, 포도청에 쫓기는 사람.”

쇠털로 만든 짚신은 소리가 나지 않기 때문에 은밀하게 움직일 때 쓰는 경우가 많았다. 그래서 도둑들이나 도둑들을 쫓는 포졸들이 주로 썼다. 육중창이 덧붙였다.

“바깥출입을 한 것 같지 않은데 쇠털로 만든 짚신을 수십 켤레나 산 게 수상쩍군."

"뭔가 일을 꾸미고 있는 건 확실한데 말이야."

얘기를 나누며 좌포청에 도착하는데 입구에 정약용이 서성거리는 게 보였다. 두 사람을 발견한 정약용이 반색을 했다.

"찾았네. 찾았어."

"누굴 말입니까?"

이종원의 물음에 정약용이 대답했다.

"오늘 아침에 연락이 왔네. 삼척으로 귀양을 간 오득렬이라는 자가 종적을 감췄어."

"그자가 누굽니까?"

"오독수의 의붓형 오독민의 양아들일세. 아이를 낳을 수 없던 내시들은 대를 잇기 위해서 양자를 들였는데 오득렬도 그렇게 양자로 들어온 거지."

"언제 사라졌답니까?"

"몇 달 된 것 같아. 작년에 병으로 사망했다는 삼척 현감의 보고가 있었는데 내가 보낸 자가 수상쩍다고 생각해서 무덤을 파헤쳤는데 관이 텅 비어있었어."

정약용의 얘기를 들은 이종원이 얘기했다.

"짚신 장수 곽가가 오독수와 같이 살고 있던 사내가 있었다고 했습니다. 여기 얼굴을 그려왔습니다."

이종원이 내민 종이를 펼친 정약용이 깜짝 놀랐다.

"이 자가 맞네. 내가 보낸 형조의 관리가 그자의 얼굴을 그려서 보낸 것과 똑같아."

정약용의 얘기를 들은 이종원이 말했다.

"그리고 오독수가 쇠털로 만든 짚신을 수십 켤레나 사들였다고 하더군요."

"쇠털로 만든 짚신을 왜?"

"모르겠습니다. 쇠털로 만든 짚신은 소리가 안 나는 대신 비싼 편이라서 보통 사람들은 잘 신지 않습니다. 거기다 오독수는 집 안에서 잘 나가지 않은 편이라고 했는데 수십 켤레나 필요한 이유도 알 수 없고요."

이종원의 얘기를 들은 정약용이 어두운 표정을 지었다.

"일단은 오득렬의 행방을 찾도록 해야겠어."

"왜 그리 걱정하십니까?"

육중창의 물음에 정약용이 한숨을 쉬었다.

"듣자하니 무술 실력이 뛰어났다고 하더군."

"내시가 말입니까?"

"그렇다고 하더군. 힘도 장사고, 활부터 환도까지 못 다루는 게 없고 실력도 뛰어났다고 하였지."

정약용의 얘기를 들은 육중창이 뭔가를 떠올렸다.

"마당의 지푸라기가 무술을 연습한 흔적이었다면, 둘이 뭔가를 꾸미고 있다는 뜻입니다. 유배지에서 도망쳤다면 멀리 숨어 살아도 모자랄 판에 한양으로 숨어든 것도 모자라 의열궁의 기와를 훔친 것까지 감안한다면 말입니다."

"전하께 허락을 얻어서 영암 현감에게 형신을 가하고 있네."

"그럼 우리들은 오득렬의 행방을 찾도록 하겠습니다."

"알겠네."

다음 날, 두 사람은 포도청 포졸들과 한양의 무뢰배, 노름꾼, 기생들의 뒤를 봐주는 조방꾼들을 모조리 닦달해서 오득렬의 행방을 찾았다. 막대한 포상금을 주는 것은 물론 뒤를 봐주겠다는 말에 무뢰배들은 오득렬을 찾기 위해 열을 올렸다. 한편, 의금부에 갇혀있던 영암 현감은 결국 매질이 동반된 심문 끝에 오독수의 도주를 묵인했다고 자백한다. 그리고 그 대가로 막대한 뇌물을 받았다는 것이 밝혀진다. 포도청으로 찾아온 정약용을 통해 그 얘기를 들은 이종원이 육중창에게 물었다.

"뇌물로 들어간 그 많은 돈들이 어디서 났을까?"

"그러게. 귀양을 간 일개 내시와 그 양아들이 무슨 돈으로 자신을 감시하는 보수주인과 아전, 그리고 고을의 수령까지 매수할 수 있었을지 심히 의심이 가는군."

걱정스러워하던 육중창이 정약용을 바라봤다.

"아무래도 공개적으로 조사를 하는 게 좋겠습니다. 뒷골목의 무뢰배들로 조사하기에는 한계가 있는 법이라서요."

"안 그래도 어제 전하께 고했네. 하지만 섣불리 나섰다가는 오히려 자취를 감춰버릴 수 있다고 하시는군. 대비마마와의 관계도 있고, 쉽게 결정하기는 어려우실 게야."

"아무리 비밀을 지킨다고 해도 우리 쪽 움직임을 파악했을 겁니다."

육중창의 애기에 정약용이 대답했다.

"그러니 우리 쪽에서 더욱 빨리 움직여야지. 힘들다는 건 알지만 애써주게."

"한양의 무뢰배나 조방꾼들에게 모두 애기를 했으니 곧 소식이 있을 겁니다."

개천을 따라 한참 걷던 노름꾼 김금금은 사람들이 동대문이라고 부르는 흥인지문을 지나 한양 밖으로 나왔다. 훈련원을 지나자 수십 척 높이의 조산(造山)이 보였다. 개천의 바닥을 파내는 준설 작업을 하면서 나온 흙을 쌓은 곳을 조산이라고 불렀다. 이곳에는 한양의 빈민들이 모여서 땅굴을 파거나 움막을 짓고 살아갔다. 이들은 주로 너구리나 뱀을 잡아서 팔거나 날품을 팔아서 생계를 유지했지만 대부분 하루 벌어서 하루 먹기에 바쁜 사람들이었다. 그래서인지 인심이 사납고 돈을 밝혀서 깍쟁이라고 불렀다.

김금금의 발자국 소리가 들리자 인기척에 땅굴의 입구를 가린 거적들이 들춰졌다. 김금금은 안면이 있던 땅꾼 오 씨를 발견하고는 그쪽으로 다가갔다.

"어이, 너구리 있으면 한 마리 팔아."

"너구리는 왜?"

오 씨의 물음에 김금금이 허리를 매만지면서 대답했다.

"허리랑 온몸이 아프고 쑤셔서 말이야."

"그럼, 너구리가 제격이지. 얼마나 줄겨?"

"지난번처럼 베 한 필로 하지."

"아이고, 요즘 너구리가 안 잡혀서 두 필은 줘야 해."

"무슨 놈의 두 필이야, 두 필은. 한필 반 줄게."

그렇게 한창 옥신각신하다가 결국 원하는 대로 베 한필 반을 주고 너구리 한 마리를 챙긴 김금금은 신이 나서 조산을 내려왔다. 내려오는 길에 우연히 올라오던 사내와 스쳐 지나갔다. 검은색 삿갓을 푹 눌러쓴 그의 곁을 스쳐 지나가던 김금금은 심상치 않은 기운에 고개를 돌려서 살펴보다가 깜짝 놀라고 만다.

"쇠, 쇠털로 된 짚신이잖아."

김금금은 상대방의 뒷모습을 유심히 바라보다가 발길을 돌렸다. 마침 좌포청에서 만나 회의를 하던 두 사람은 호들갑을 떨면서 들어오는 김금금을 보고 눈살을 찌푸렸다. 숨을 헐떡거리던 김금금이 두 사람에게 말했다.

"놈을 봤습니다. 봤다고요."

놀란 두 사람이 자리를 박차고 일어났다.

"어디서?"

"흥인지문 밖 조산에서요. 쇠털로 만든 짚신을 신고 삿갓을 쓰고 있었습니다."

"정말이지?"

"얼굴을 못 봤지만, 체구나 키는 딱 맞았습니다."

김금금의 얘기를 들은 이종원이 중얼거렸다.

"드디어 잡았다."

두 사람은 황급히 포졸들을 이끌고 조산으로 향했다.

당파창과 육모 방망이로 무장한 포졸들을 데리고 조산에 도착한 두 사람은 급히 지시를 내렸다.

"조산을 빙 둘러서 한 놈도 빠져나가지 못하게 하라. 그리고 나머지는 우리들을 따라 와."

포졸들이 흩어져서 조산을 둘러싸는 걸 확인한 이종원과 육중창은 조산으로 올라갔다. 중간 중간에는 땅굴의 입구를 가린 거적들이 보였다. 두 사람은 거적을 들추고 안쪽을 살폈다. 수척하고 지저분한 차림의 깍쟁이들이 보였다. 하지만 김금금이 봤다는 삿갓을 쓴 수상쩍은 사내는 보이지 않았다. 초조해진 이종원이 한숨을 쉬면서 마지막 남은 땅굴의 입구를 들췄다. 그때 안쪽의 어둠 속에서 빛이 반짝거렸다.

"뭐야!"

놀란 이종원이 본능적으로 몸을 뒤로 뺐다. 빛이 아슬아슬하게 눈앞에서 사라졌다. 빛이 사라진 어둠 속에서 삿갓을 쓴 사내가 튀어나왔다. 너무 빠른 속도로 다가와서 미처 피하기도 전에 발에 가슴팍을 걷어차이고 말았다.

"으악!"

바닥에 넘어진 이종원의 머리 위로 삿갓을 쓴 사내가 보였다. 손에 든 창포검을 내리찍는 걸 본 이종원은 몸을 옆으로 돌렸다. 머리가 있던 자리에 칼이 푹 박히는 소리가 들렸다. 이종원은 허리춤에 차고 있던 쇠도리깨를 꺼내서 휘둘렀다. 사내가 머리를 뒤로 빼며 피하면서 삿갓에 맞았다. 삿갓이 튕겨나간 틈을 타서 몸을 일으켰다.

삿갓이 벗겨진 사내는 창백한 피부에 수염 하나 없는 말끔한 얼굴이었다. 대신 눈빛은 한없이 낮고 차가웠는데 마음이 살의로 가득해 보였다. 그렇게 찾아 헤매던 오득렬을 눈앞에서 보고 있다는 긴장감에 몸을 낮추며 숨을 고르는데 육중창의 괴성이 들렸다. 소리를 들은 오득렬이 몸을 옆으로 피하면서 창포검을 휘둘렀다.

"아악!"

허벅지를 베인 육중창이 비명을 지르며 바닥에 쓰러졌다.

"이 자식이!"

이종원이 쇠도리깨를 휘두르며 다가갔다. 하지만 오득렬은 여유롭게 공격을 피했다. 포졸들이 사방에서 조여 오며 당파창과 육모 방망이를 휘둘러댔다. 하지만 오득렬은 전혀 무서워하는 기색 없이 창포검을 휘두르며 다가오는 포졸들을 베거나 찔렀다. 피범벅이 된 포졸들이 쓰러지는 걸 본 이종원이 다시 쇠도리깨를 휘두르며 덤벼들었다. 오득렬은 가볍게 쇠도리깨를 피한 다음 창포검으로 쳐내버렸다. 빈손이 된 이종원이 뒤로 물러나자 오득렬이 창포검을 쭉 내밀면서 가슴을 노렸다.

그때, 옆에서 주먹만 한 돌이 날아와서 오득렬의 어깨를 맞췄다. 육중창이 바닥의 돌을 집어서 던지는 중이었다. 다른 포졸들도 돌이나 나무 막대기를 던져댔다. 결국, 창포검을 거둔 오득렬이 몸을 돌려서 조산을 넘어갔다. 그걸 본 육중창이 외쳤다.

"쫓아!"

육중창의 지시에 포졸들이 쫓아갔지만 오득렬은 날개라도 달린 것처럼 순식간에 조산을 넘어갔다. 뒤쫓는 포졸들을 피해 움막 위를 뛰어넘었다. 그리고는 순식간에 사라져버렸다.

이종원은 떨어뜨린 쇠도리깨를 줍고 허벅지를 베인 육중창에게 다가갔다.

“괜찮아?”

“버틸만해. 놈은?”

육중창의 물음에 쇠도리깨를 어깨에 걸친 이종원이 조산 너머를 바라보며 고개를 저었다.

“놓친 것 같아.”

아픔을 참느라 얼굴을 찡그린 육중창이 투덜거렸다.

“젠장, 바람처럼 빠르군.”

소식을 듣고 달려온 정약용이 좌포청에 도착할 무렵, 육중창은 치료를 마치고 대청에 앉아있는 중이었다. 한걸음에 다가온 정약용이 일어나려는 육중창을 만류했다.

“괜찮아. 놈을 놓쳤다고?”

“빠르기가 바람 같았습니다. 칼 솜씨도 뛰어나서 포졸들이 여럿 상했습니다.”

“자네는?”

“허벅지를 베었는데 지금은 괜찮아졌습니다.”

육중창 옆에 있던 이종원이 말했다.

“놈이 도망치지 않고 한양 근방에 숨어있는 걸 보면 뭔가를 꾸미는 게 분명합니다.”

"나도 같은 생각일세. 아무래도 궁궐에 남은 내시들과 일을 도모하려는 것 같아. 그래서 그들이 함께 궁궐에 숙직하지 못하게 조치는 취해놨지만 서둘러 체포해서 배후를 밝혀내야만 해."

"전하께서는 지금 어디 계십니까?"

"경희궁에 거하시네."

"그나저나 오득렬이 창포검을 썼습니다."

"창포 잎처럼 가늘고 긴 검을 말하는 건가?"

"맞습니다. 지난번 검계의 조직원이 쓴 죽장도랑 비슷한 겁니다."

이종원의 얘기를 들은 정약용의 얼굴 표정이 굳어졌다.

"그럼 오득렬도 검계란 말인가?"

"검계랑 같은 무기를 쓰는 건 확실합니다. 사라진 의열궁의 기와부터 시작해서 쇠털로 만든 짚신과 창포검까지 일련의 징표들이 뭔가를 말해주고 있습니다."

이종원의 얘기를 들은 정약용이 설마 하는 표정으로 바라봤다. 육중창도 무슨 얘기인줄 알아차리고는 파랗게 질려버린다.

"설마."

걱정스러워하는 육중창과 정약용에게 이종원이 말했다.

"검계의 얘기를 들어봐야겠습니다."

"지난번 사건 이후로 더 깊이 잠수해버린 검계를 무슨 수로 찾아?"

육중창의 반문에 이종원이 대답했다.

"위험하지만 방법이 하나 있어."

그날 저녁, 이종원과 육중창이 죄수들이 갇혀있는 전옥서에 도착했다. 지난번 달비를 닮은 여인을 죽인 죄로 붙잡혀 있던 검계의 조직원 채수원이 갇혀있는 곳으로 향한다. 그는 전옥서 제일 깊은 감옥에 칼을 차고 차꼬까지 하고 있어서 꼼짝도 하지 못했다. 채수원은 두 사람이 나타나자 의아한 표정을 지었다. 한쪽 무릎을 꿇고 눈높이를 맞춘 이종원이 말을 건넸다.

"두목을 만나고 싶다."

이종원의 얘기를 들은 채수원이 코웃음을 쳤다.

"차라리 염라대왕을 만나는 게 더 빠를 거요."

"내 말 잘 들어. 지금 전하를 시해하려는 움직임이 포착되었어. 유력한 용의자는 검계의 조직원이고 말이야."

채수원의 표정이 굳어진 걸 본 육중창이 끼어들었다.

"만약 이번 음모에 검계가 가담했다는 게 밝혀질 경우에는 이전과는 비교할 수 없을 정도로 큰 타격을 받고 말거야."

두 사람이 거듭 으름장을 놨지만 채수원은 침묵을 지킨 채 눈을 감았다.

해가 서서히 질 기미를 보이자 왕이 있는 경희궁도 바쁘게 돌아갔다. 경희궁의 편전인 자정전에서 상소문을 읽는 것으로 공식 일과를 마친 왕은 병조판서에게 암호인 군호를 내리고 대전 내시가 작성한 궁궐에서 숙직하는 관리와 내시들의 명단인 생기(省記)를 확인했다. 명단을 확인한 임금이 말했다.

"형조참의에게 보여주도록 하여라. 그리고 존현각에서 독서를 할 것이니 차비를 하여라."

"알겠습니다. 전하."

명단을 가지고 나온 대전내관이 기다리고 있던 내관들에게 지시를 내리고 궐내각사로 향했다. 대전내관이 내민 명단을 확인한 정약용은 붓을 들어서 몇 명의 이름 위에 줄을 긋고 아래에 새로운 이름을 적었다.

"숙직하는 내관들을 몇 명 교체하게."

말없이 고개를 숙이고 생기를 넘겨받은 대전내관이 돌아섰다. 관리들은 숙직을 서는 사람을 제외하고는 모두 퇴궐했고, 번을 끝낸 내관들도 집으로 돌아가기 위해 서둘렀다. 대전내관이 궁궐을 다니면서 숙직을 하는 내관들을 확인했다. 명단을 확인한 대전내관이 돌아가자 눈치를 보던 내관들끼리 애기를 나누면서 명단을 무시하고 자기들끼리 숙직 순서를 주고받는다. 그러면서 숙직자임을 뜻하는 숙직 패를 넘겨받아 허리에 찬다. 나정세에게도 동료 내관이 다가와 말을 걸었다.

"자네 오늘 숙직이지? 나랑 좀 바꾸세."

"숙직을 바꾸자고?"

"일이 좀 있어서 말이야."

"상선이 바꾸지 말라고 했는데."

나정세가 우물쭈물하자 동료 내관이 엽전 한 꾸러미를 건넸다.

"이걸로 좋아하는 노름하면서 푹 쉬어. 오늘 할 일이 있어서 그래."

엽전 꾸러미를 넘겨받은 나정세는 얼른 숙직 패를 건넸다.

"아유, 알겠어. 마침 투전패를 잡고 싶어서 손가락이 근질거렸는데 잘됐네."

나정세가 고맙다는 말을 하면서 자리를 뜨자 내관은 건네받은 숙직 패를 허리에 찼다. 해가 저물고, 관리들이 모두 퇴궐하자 궁궐의 열쇠를 담당하는 액정서의 담당 내시들이 돌아다니면서 궁궐의 문을 닫았다. 닫힌 문에 빗장과 함께 커다란 자물쇠가 채워지고, 쇠사슬까지 감겼다. 궁궐의 문을 모두 닫은 내시들은 열쇠가 든 상자를 대전으로 가지고 갔다.

모든 것이 평상시와 같았지만 그 잔잔한 흐름 속에서 미묘

한 변화가 나타났다. 내시들 몇 명이 서로 눈빛을 건네면서 작게 접은 쪽지를 주고받았다. 쪽지를 받은 내시는 측간에 가서 쪽지를 펼쳐서 읽은 다음 작게 찢어서 삼켜버렸다. 오물거리며 쪽지를 삼킨 내관이 중얼거렸다.

"오늘 밤!"

인적이 끊긴 인왕산 중턱에 도착한 이종원과 육중창은 주변을 두리번거렸다. 눈을 껌뻑거린 이종원이 물었다.

"여기 맞아?"

그러자 육중창이 길 옆의 거북이 모양 바위를 가리키며 말했다.

"응, 녀석이 얘기한 거북바위가 바로 저기야."

완강하게 거부하던 채수원은 두 사람의 거듭된 설득에 넘어갔다. 오늘 밤, 검계가 회합을 가지는 장소를 알려준 것이다.

"그런데 아무도 없잖아."

"그러게, 놈이 우리를 골탕 먹인 거 아닐까?"

하염없이 주변을 두리번거리는데 갑자기 인기척이 들렸다. 소리가 난 쪽을 돌아보자 복면을 하고 칼을 찬 사내들이 하나 둘 모습을 드러냈다. 육중창이 소매에 넣어둔 육모 방망이를 꺼내서 천천히 바닥에 내려놓으며 말했다.

“나는 우포청 군관 육중창이고, 이쪽은 좌포청 군관 이종원이다. 검계의 계주를 만나러 왔다.”

“포도청 군관들이 무슨 일로 우리 계주님을 만난다는 것이냐?”

복면을 쓴 키 작은 사내의 물음에 육중창이 대답했다.

“검계의 조직원 중 한 명이 전하를 시해하려는 음모에 가담한 상태다. 그자에 대해서 알아보기 위해서 왔다.”

술렁거리던 검계의 조직원들 사이로 그림자 하나가 모습을 드러냈다. 지난번에 이세명과 얘기를 주고받던 검계의 계주였다.

“내가 바로 검계의 우두머리다. 무슨 일이라고?”

육중창과 이종원은 번갈아가면서 지금까지 있었던 일들을 얘기해줬다. 그러고 나서 이종원이 물었다.

“오득렬이라는 자를 아시오?”

“내가 대답해야 할 이유가 있소?”

“그자가 지금 전하를 시해하려고 시도하고 있소. 만약 검계가 연루되었다는 사실이 밝혀지면….”

“허허, 언제부터 포도청 군관 나리들이 우리 검계 걱정을 해주었나?”

계주의 싸늘한 물음에 조직원들이 살기 어린 눈빛으로 두 사람을 노려봤다. 계주가 헛기침과 함께 두 사람에게 말했다.

"검계는 그렇게 쉽게 사라지지 않아."

계주의 말에 육중창이 나섰다.

"지금까지와는 전혀 다른 상황이 펼쳐질 거요. 그러니 협조를 하는 게 좋을 거요."

"그자가 검계의 조직원이라는 증거도 없지 않소?"

"창포검을 쓰고 눈구멍을 낸 삿갓을 쓰고 다녔소."

육중창의 설명에 이종원이 덧붙였다.

"거기다 우리와 포졸들에게 쓴 검법도 검계와 상당히 유사했소이다."

두 사람의 얘기를 묵묵히 들은 계주가 천천히 입을 열었다.

"한때 우리 조직원이었던 적이 있었지."

"그자에 대해서 말해주시오."

이종원의 물음에 검계의 계주가 대답했다.

"십여 년 전에 검술을 익히고 싶다고 제 발로 찾아왔지. 발이 빠르고 손이 매워서 빠르게 검술을 익혔는데 몇 년 전에 갑자기 사라졌다가 얼마 전에 다시 나타났지. 그리고 황당한 얘기를 했지."

두 사람이 궁금하다는 듯 바라보자 계주가 입을 열었다.

"자기가 길잡이를 해 줄 테니 검계를 이끌고 궁궐에 쳐들어가자고 했네."

"뭐라고? 금위군만 해도 수백이 넘는데 검계 만으로 어찌 쳐들어간단 말이오?"

놀란 육중창의 반문에 검계의 계주가 대답했다.

"말도 안 되는 얘기라면서 일언지하에 거절하자 이번에는 궁궐 내부에 도와줄 사람들이 많다면서 열 명만 뽑아달라고 거듭 얘기하더군."

"내부에 도와줄 사람이 많다고?"

"오득렬은 집안이 가난해서 스스로 내시가 되었고, 나중에 다른 내시의 양자가 되었다고 들었소. 궁궐에서 일을 해서 아는 사람들이 많다고 했소."

계주 얘기를 들은 이종원은 온몸에 소름이 돋았다. 임금을 공격할 것이라고 예측하긴 했지만 궁궐에 직접 침입할 계획을 세운 줄은 꿈에도 몰랐다. 가까스로 정신을 가다듬은 이종원이 물었다.

"그자가 왜 궁궐에 쳐들어가려고 했는지는 말했소?"

"임금이 양아버지를 죽이고 자신을 유배 보냈기 때문에 처단하려 한다고 말하였소이다. 어쨌든 우리의 뜻과는 맞지 않는다고 계속 거절하자 오득렬은 그럼 혼자라도 결행하겠다는 말을 남기고는 떠난 것이 마지막이었소."

이종원과 육중창이 너무나 큰 충격을 받고는 할 말을 잊은 채 서 있자 검계의 계주는 내가 알고 있는 것은 이것이 전부라면서 더 이상 들려줄 얘기가 없다고 말하고는 돌아섰다. 그러자 다른 검계의 조직원들도 천천히 뒤로 물러났다가 어둠 속으로 사라져버렸다. 계주를 비롯한 검계의 조직원들이 모두 사라진 후에도 한동안 멍하게 서 있던 이종원이 중얼거렸다.

"이제 알겠어."

"뭘?"

육중창의 반문에 이종원이 그의 팔을 잡아끌면서 말했다.

"시간이 없으니까 가면서 얘기하지."

"어디로?"

"일단 형조참의를 만나러 가야 해."

인왕산 자락을 빠르게 내려가면서 이종원이 말했다.

"누군가 오득렬을 이용해서 전하를 시해하려는 거 같아."

"그건 대략 확인되었잖아. 방법과 장소가 문제지."

"범궐하려는 거였어."

얘기를 듣던 육중창이 얼굴을 찌푸리며 반문했다.

"궁궐을 침입한다고?"

"맞아."

"오득렬의 칼솜씨가 뛰어난 건 알지만 무슨 수로 궁궐 안에 있는 전하를 해칠 수 있겠어?"

육중창의 반문에 이종원이 입을 열었다.

"오득렬이 검계의 두목에게 도와줄 사람이 있다고 얘기했잖아. 바로, 죽은 양아버지 오독민과 작은 아버지인 오독수였어. 유배지에서 몰래 빠져나와 한양에 숨어든 오독수는 같이 일했던 내시들과 몰래 접촉한 거였어. 오득렬이 궁궐 안으로 잠입하도록 말이야."

이종원의 얘기를 들은 육중창이 입을 딱 벌렸다.

"궁궐 구석구석을 잘 아는 내시들이 협조한다면 안으로 잠입하는 건 어려운 일이 아니지. 내시들의 동태가 심상치 않긴 했지만 이런 식으로 일을 꾸밀 줄은 몰랐어."

"검계를 동원하려다가 실패하고 혼자서 움직일 생각인 것 같아. 거기다 우리에게 행적을 들켰으니 서두르겠지."

이종원의 얘기를 들은 육중창이 걸음을 멈추고 왕이 있는 경희궁을 바라봤다.

"설마."

"얼른 형조참의에게 가 보자고."

사랑채에서 책을 읽고 있던 정약용이 갑자기 들이닥친 두 사람의 표정을 보고는 벌떡 일어났다.

"무슨 일인가?"

"저들이 무슨 음모를 꾸몄는지 알아냈습니다."

"뭐라고?"

"방금 검계의 두목을 만나고 왔습니다. 오득렬이 검계를 동원해서 범궐을 하려고 했습니다."

숨을 헐떡거린 이종원의 말에 정약용이 믿기지 않는다는 표정으로 대답했다.

"지키는 금위군이 수백이고, 전각만 수십 채인데 무슨 수로 범궐을 한단 말인가?"

"오득렬과 함께 있던 오독수가 내시들과 접촉했던 게 바로 그것 때문입니다."

"아뿔싸!"

놀란 정약용에게 육중창이 말했다.

"유배지에서 탈출한 오독수는 검술 실력이 뛰어나고 검계와 연줄이 있는 조카 오득렬을 이용해서 주상전하를 시해할 음모를 꾸몄던 겁니다. 그러기 위해서 몰래 궁궐에서 일하는 동료 내시들을 만나 내부의 정보를 캐내는 한편, 궁궐에서 쓰는 기와와 똑같은 의열궁의 기와를 손에 넣었던 겁니다."

육중창의 얘기를 듣던 정약용이 물었다.

"기와를 왜?"

"저에게 궁궐의 기와가 다른 기와와는 다르다고 하셨던 얘기 기억하십니까? 궁궐에 있는 전각의 지붕을 잘 타기 위해서 그 기와들을 손에 넣은 겁니다."

놀란 정약용에게 이종원이 말했다.

"오독수가 쇠털로 만든 짚신을 대량으로 사들인 것도 바로 그것 때문입니다. 쇠털로 만든 짚신은 걸을 때 소리가 나지 않습니다. 오독수의 집에 다니면서 일을 봐줬던 영광 댁이 밤중에 봤다는 지붕 위의 귀신이 바로 오득렬이었던 겁니다."

"그게 정녕 사실인가?"

정약용의 물음에 육중창이 고개를 끄덕거렸다.

"그때 본 기와의 흙과 털은 바람에 날아온 것이 아니라 연습을 위해서 밤중에 지붕에 오른 오득렬의 쇠털로 만든 짚신에서 나왔던 겁니다. 소리가 잘 나지 않는 쇠털로 만든 짚신을 신고 의열궁의 기와를 밟고 다니면서 궁궐 전각의 지붕을 소리 없이 타는 연습을 했던 것입니다."

비로소 상황을 깨달은 정약용은 황급히 옷을 챙겨 입고 궁궐로 향했다. 이종원과 육중창 역시 사방등을 들고 뒤따랐다. 서둘러 걷던 정약용이 한숨을 쉬었다.

"그나마 오독수와 만났던 내시들을 궁궐에 남겨놓지 않아서 다행이야."

그렇게 바쁘게 걷던 정약용이 야주개 언덕을 넘을 즈음 갑자기 발걸음을 멈췄다.

"무슨 일입니까?"

육중창의 물음에 정약용이 손가락을 들어서 길가에 서 있는 선비를 가리켰다.

"저 자는 내시 나정세가 아니냐?"

"그런 거 같습니다."

육중창의 대답에 정약용이 떨리는 목소리로 중얼거렸다.

"저 자가 오늘 숙직을 서야 하는데 어째서 밖에 나와 있는 거지?"

낌새가 이상하다는 걸 눈치 챈 두 군관이 매처럼 쫓아가서 나정세를 붙잡았다. 술에 취해서 비틀거리던 나정세는 두 군관에게 붙잡혀서 정약용 앞에 끌려오자 파랗게 질려버리고 말았다. 정약용이 엄한 목소리로 물었다.

"네 놈은 궁궐에서 숙직을 해야 하는데 어찌 밖에서 술에 취해 있는 것이냐?"

"참의 어르신, 그, 그게."

"얼른 대답하지 못할까!"

정약용의 호통과 두 군관의 잡아먹을 것 같은 눈빛에 나정세는 더듬거리며 입을 열었다.

"도, 동료가 바꿔달라고 해서."

"누가 말이냐?"

나정세의 입에서 나온 동료 내시의 이름을 들은 정약용이 혀를 찼다.

"내가 방심했군. 명단을 바꿨는데 그걸 다시 바꿔치기 할 줄은 몰랐어."

"오독수와 가까운 내시들이 궁궐에 남아있겠군요."

나정세의 뒷덜미를 잡고 있던 육중창의 물음에 정약용이 고개를 끄덕거렸다.

"그 얘기는 오늘 밤 결행을 할 수도 있다는 말이야. 서둘러 전하께 알려야만 하네."

밤이 깊어지면서 경희궁은 안팎으로 조용했다. 왕은 밤이 깊어지도록 촛불에 의지한 채 문서들을 읽고 있었다. 그런 정조가 머무는 존현각 앞에 나타난 내시 한 명이 등불을 내려놓고 어둠속으로 사라졌다. 같은 시각, 벌레 우는 소리만 조용히 들리는 와중에 내시 한 명이 사방등을 들고 종종걸음으로 숭의문으로 향했다. 돈의문과 인왕산 사이에 있는 문이라 높은 곳에 있어서 사람들의 왕래가 적은 곳이었다.

숭의문 앞에 도착한 내시가 사방등을 내려놓고 소매에서 열쇠를 꺼내 채워진 자물쇠를 열었다. 그러자 문 밖에서 기다리고 있던 오득렬이 조용히 들어섰다. 내시처럼 차려입고 있어서 겉으로 봐서는 침입자라는 흔적은 보이지 않았다. 문을 열어준 내시가 조용히 돌아서서는 다시 사방등을 들고 앞장서 걸었다. 오득렬도 말없이 그의 뒤를 따랐다.

해시계를 올려두는 석축 계단인 일영대를 지나자 멀리 어둠 속에서 승정전과 자정전의 지붕이 보였다. 중간에 횃불을 들고 순찰을 하던 금위군과 마주치지만 두 사람이 고개를 숙인 채 서 있자 별다른 의심 없이 지나쳐갔다. 그들의 발자국 소리가 멀어지자 사방등을 들고 앞장서 걷던 내관이 돌아서 오득렬에게 말했다.

"임금은 존현각에 있다."

"알겠습니다."

"동료 내관이 임금이 머무는 전각 앞에 등불을 갔다 놨느니라. 한 치의 실수도 있어서는 아니 된다."

"명심하겠습니다."

사방등을 든 내시가 어둠 속으로 사라지자 오득렬은 겉에 입고 있던 녹색 단령과 머리에 쓴 사모를 벗어버렸다. 창포검을 챙긴 다음 담장 위로 뛰어올라갔다. 그리고 사뿐한 걸음으로 담장 위를 걸었다. 쇠털로 만든 짚신을 신고 있어서 기와를 밟는 소리가 전혀 들리지 않았다.

한 걸음에 경희궁의 흥화문에 도착한 정약용은 문을 두드렸다. 그러자 안쪽에서 목소리가 들려왔다.

"누구냐?"

"형조참의 정약용일세. 급한 일이니까 문을 열어주게."

"아니 됩니다. 해가 떨어진 이후에 궁궐의 문을 여는 법도는 없습니다."

"상황이 급하다고 하지 않았는가! 어서 열어주게."

"어차피 열쇠가 없기 때문에 열어드리지 못합니다. 급한 전갈이라면 쪽지로 써서 문틈으로 넘겨주시면 전달하겠습니다."

수문장의 얘기를 들은 정약용은 발만 동동 굴렀다. 그러자 옆에서 지켜보던 이종원이 말했다.

"쪽지라도 써서 위험을 알리는 게 어떻겠습니까?"

"내가 그걸 왜 모르겠나? 하지만 쪽지를 전달하는 건 내시들의 임무인데 그들 중에 누구를 믿을 수 있겠어."

혀를 차며 안타까워하는 정약용을 바라보던 육중창이 갑자기 입을 열었다.

"좋은 생각이 있습니다."

"뭔가?"

"가면서 말씀드리겠습니다."

세 사람은 어둠 속으로 사라졌다.

지붕에 올라간 오득렬은 용마루에 앉아서 주변을 돌아봤다. 어둠 때문인지 전각들이 다들 비슷하게 생겨서 알아볼 수가 없었다. 다행히 내시 한 명이 가져다놓은 사방등의 불빛을 찾을 수 있었다. 그곳까지 지붕이나 담장을 타고 어떻게 가야 할지 머릿속으로 생각을 정리한 다음에 움직이기 시작했다.

전각의 지붕을 가로질러 가던 오득렬은 금위군이 순찰을 도는 발자국 소리가 들려오자 그대로 납작 엎드렸다. 경사진 지붕이라 몸을 숨긴다고 해도 완벽하게 몸을 숨기지는 못했다. 하지만 금위군들은 지붕 위에 있던 오득렬을 발견하지 못하고 지나갔다. 위기를 넘긴 오득렬은 존현각 근처에 도달했다. 전각 주변에도 금위군들이 경계를 서긴 했지만 지붕 위쪽까지는 살피지 않았다.

존현각 바로 뒤에 있는 흥정당의 지붕까지 올라온 오득렬은 행랑 쪽으로 조심스럽게 발걸음을 옮겼다. 바로 아래 금위군이 창을 들고 서 있었지만 주변을 살펴볼 뿐 위쪽을 볼 생각을 하지 않았다.

행랑의 용마루를 밟고 지나간 오득렬은 마침내 존현각의 지붕에 올라갔다. 마른 침을 삼킨 오득렬은 들고 있던 창포검을 조심스럽게 뽑았다. 내관으로 일한 적이 있던 오득렬은 존현각의 내부구조도 잘 알고 있었다. 처마를 잡고 땅으로 내려간 다음, 문을 열고 안으로 뛰어 들어가면 되었다. 수없이 꿈꿔왔던 순간이 다가오자 오득렬은 존현각의 지붕을 내려다보면서 중얼거렸다.

"드디어 원수를 갚는구나."

조심스럽게 처마까지 도달한 오득렬이 전각 안으로 침입하려는 찰나, 갑자기 어둠을 뚫고 절박한 외침이 들렸다.

"불이야! 불이 났다!"

전각들이 빽빽하게 들어차 있는 궁궐은 화재에 매우 취약했다. 따라서 불이 나면 다들 긴장할 수밖에 없었다. 금위군들이 불이 난 곳을 찾기 위해 주변을 살펴보는 바람에 오득렬은 전각 안으로 침입할 기회를 놓치고 말았다.

"젠장!"

궁궐 밖에서 불이 난 곳은 바로 경희궁 흥화문 앞에 있던 경수소였다. 경수소를 지키던 군사와 백성들을 쫓아낸 이종원과 육중창이 불을 질러버린 것이다. 그리고는 경희궁을 향해 목청껏 불이 났다고 외쳤다. 궁궐 근처에서 불이 났다는 외침을 들은 금위군들이 담장에 사다리를 걸쳐놓고 바깥을 살펴봤다. 그러자 정약용은 그들에게 서둘러 외쳤다.

"자객이 궁궐 안에 침입했다. 주상전하를 잘 뫼시고, 지붕을 잘 살펴보아라."

영문을 몰라 하던 금위군들 사이로 금위대장 홍국영이 모습을 드러냈다.

"지금 뭐라 하였소?"

"자객이 침입하였습니다. 서둘러 전하의 안위를 살피십시오."

왕이 세손이었던 시절부터 측근이었던 홍국영은 정약용의 얘기를 듣고는 허겁지겁 사다리를 타고 내려갔다.

전각 주변으로 몰려든 금위군들이 다시 흩어지자 오득렬은 안도의 한숨을 쉬었다. 금위군이 몰려들면서 정조를 암살할 기회를 놓친 오득렬은 갑자기 안쪽이 부산스러워지자 회심의 미소를 지었다.

'그래, 불이 났다는 얘기를 듣고 밖으로 나오는구나.'

존현각 밖으로 나온 왕의 모습을 본 오득렬은 창포검을 거꾸로 쥐었다. 존현각 지붕에서 뛰어내리면서 단번에 급소를 노릴 생각이었다. 그때, 흥화문에서 달려오던 금위대장 홍국영이 존현각 지붕에서 뛰어내릴 준비를 하던 오득렬을 보면서 소리를 질렀다.

"자객이다! 지붕에 자객이 있다."

홍국영이 자객이라고 외치자 모든 시선이 존현각 지붕에 있던 오득렬에게 향한다. 일이 실패한 것을 깨달은 오득렬은 어두운 하늘을 올려다보면서 고함을 질렀다.

"조금만 더 시간이 있었다면 원수의 목을 벨 수 있었는데!"

금위군이 화살을 쏘아대자 오득렬은 서둘러 지붕을 타고 넘어갔다. 기와에 맞은 화살들이 튕겨나갔다. 존현각을 타 넘어가는 순간, 날아온 화살이 발목을 꿰뚫었다.

"으윽!"

균형을 잃고 쓰러지던 오득렬은 용마루를 잡고 겨우 버텼다. 하지만 다시 쏘라는 외침이 들려오면서 등에 몇 개의 화살이 더 꽂혔다. 불처럼 번지는 통증을 온몸으로 느끼던 오득렬이 중얼거렸다.

"이렇게 허무하게 죽을 수는 없지."

창포검을 입에 문 오득렬은 지붕 아래로 몸을 굴렸다. 허공에서 몸을 날린 오득렬은 바닥에 닿자마자 왕이 있는 방향으로 뛰었다. 사방에서 창이 찔러 들어왔지만 간신히 피하는 데 성공했다. 금위대장 홍국영이 몸으로 왕을 막고 있는 게 보였다. 저 자만 베면 임금에게 도달할 수 있다고 생각한 순간, 옆구리로 통증이 밀려들어왔다. 금위군 한 명이 찌른 창이 정확하게 옆구리를 꿰뚫은 것이다.

참을 수 없는 고통에 몸부림을 치는 오득렬의 귀에 죽이지 말고 생포하라는 왕의 목소리가 들렸다. 오득렬은 사방에서 조여 오는 금위군의 창날 너머로 사라지는 임금의 뒷모습을 보고는 허탈하게 웃었다. 그리고는 다가오는 금위군의 창날을 향해 몸을 날렸다.

다음 날, 해가 뜨자마자 정약용과 두 사람은 입궐하라는 지시를 받는다. 존현각 앞에 눕혀진 시신을 확인하라는 어명을 받은 것이다. 오득렬의 시신을 확인한 이종원과 육중창은 안도의 한숨을 쉰다. 존현각에서 정약용에게 자초지종을 보고 받은 왕은 무표정한 얼굴로 말한다.

"형조참의가 고생이 많았군."

"전하, 이 기회에 암약하고 있는 자들을 발본색원해야 합니다."

"과인도 그러고 싶네. 하지만 즉위한지 얼마 되지도 않았는데 한꺼번에 뿌리를 뽑으려고 하다가는 오히려 더 큰 화를 당할 수 있어."

"전하!"

"아직은 때가 아니야."

왕의 말을 들은 정약용은 아랫입술을 깨물었다. 존현각 밖으로 나온 정약용의 표정을 살핀 두 군관은 가볍게 한숨을 쉬었다. 날이 밝고 밤중에 무슨 일이 벌어졌는지 알게 된 대신들이 속속 입궐하였다. 그들을 물끄러미 바라보던 정약용이 두 군관에게 수고했다는 말을 했다. 경희궁을 나온 두 사람은 말없이 서로를 바라봤다. 이종원이 먼저 입을 열었다.

"맞겠지?"

"맞아."

"어떡할까?"

잠시 고민하던 육중창이 대답했다.

"일단 만나봐야지."

좌포청에 도착한 두 사람은 곧장 임 노인이 있는 움막으로 향했다. 움막 앞에서 저고리를 벗고 이를 잡고 있던 임 노인은 두 사람의 심상치 않은 표정을 보고는 이를 잡던 손을 멈췄다.

"무슨 일인가?"

"낮에는 포도청의 오작인으로 일하고 밤에는 검계의 우두머리 노릇을 했던 거요?"

이종원의 물음에 임 노인이 무덤덤하게 물었다.

"일부러 목소리를 바꿨는데 어찌 알아냈는지 모르겠군?"

"남산이랑 인왕산에서 만났을 때 알아차렸습니다. 목소리는 바꿨지만 손짓이나 말투까지는 못 고치셨더군요."

팔짱을 낀 채 지켜보던 육중창의 대답에 임 노인이 한숨을 쉬었다.

"들키지 않으려고 노력을 하긴 했는데 자네들 앞에서는 소용이 없었군."

"어쩌다 검계의 우두머리가 된 거요?"

육중창의 물음에 임 노인이 하늘을 올려다봤다.

"젊은 시절, 술에 취한 젊은 양반에게 아내가 겁탈당하고 죽었네. 아내를 겁탈하던 젊은 양반은 울며 매달리는 어린 딸을 걷어차서 죽였고, 그 광경을 본 아내는 혀를 깨물어서 스스로 목숨을 끊어버렸지. 뒤늦게 집에 돌아와서 그걸 보고는 젊은 양반을 관아에 잡아 바쳤네."

"그 자가 처벌을 받았습니까?"

이종원의 물음에 임 노인이 고개를 저었다.

"그랬다면 내가 검계에 뛰어들지도 않았겠지. 관아에서는 젊은 양반이 술에 취했다는 이유로 속전만 받고는 방면시켰네. 나는 내 손으로 직접 젊은 양반을 처단하고 한양으로 올라왔네. 그리고 검계에 가담했지."

"그런 사연이 있는 줄은 꿈에도 몰랐습니다."

"언젠가는 들통이 날 줄 알았지. 이제 살 만큼 살아서 미련은 없네."

임 노인의 얘기를 들은 육중창이 슬쩍 뒷문을 가리켰다. 그리고 이종원이 말했다.

"한 시각 후에 포도대장에게 고할 것이오. 그러니 그 전에 어디로든 사라지시오."

"왜 나에게 인정을 베푸는가?"

임 노인의 질문에 피식 웃은 이종원이 대답했다.

"세상에 더 큰 죄인들이 많은데 당신 하나 잡아 가둔다고 뭐가 바뀌겠소? 다만 할아범만큼 솜씨 좋은 오작인을 다시 만나지 못하는 게 아쉬울 따름이지."

육중창 역시 같은 생각이라는 듯 고개를 끄덕거렸다. 저고리를 입으며 일어난 임 노인은 눈인사를 하고는 조용히 뒷문으로 사라졌다. 그런 뒷모습을 지켜보던 이종원이 육중창에게 말했다.

"어디 가서 술이나 한잔하세."

"좋지."

유쾌하게 웃은 육중창이 짧게 대답하고는 환하게 웃었다.

해가 질 무렵, 서촌 송석원에서 시회가 열렸다. 평소에도 시회가 자주 열리는 장소라 오가는 사람들 모두 별로 관심을 기울이지 않았다. 그렇지만 참석한 양반들의 표정은 하나같이 어두웠다. 지난번 북촌의 사랑채에서 모임의 좌장 역할을 하던 양반이 술잔을 들면서 참석자들에게 말했다.

"기회는 다시 올 것이니 너무 상심하지 마시구려."

그러자 젊은 양반이 신경질적으로 부채질을 하면서 짜증을 냈다.

"그렇긴 하지만 이런 절호의 기회가 언제 또 오겠습니까?"

참석자들 모두 동조하는 분위기를 띄우자 좌장 격인 양반이 서둘러 입을 열었다.

"어차피 하루 이틀 안에 결판이 나지는 않을 거라고 말하지 않았소. 일단 이번 일의 꼬리부터 잘 끊도록 합시다."

"범궐을 했던 오득렬이 죽었으니 형조참의가 아무리 신묘한 재주가 있다고 해도 알아낼 수 없을 겁니다."

"그럼 다행이군. 어차피 우리 편은 많으니 너무 걱정하지 마시구려."

좌장 격인 양반의 말에 부채질을 하던 젊은 양반이 수긍을 하고는 술잔을 들었다. 그러자 다른 참석자들도 술잔을 들었다.

소설 속 이야기 팩트 체크

스포일러가 될 수 있으니 가급적이면 본문을 다 읽고 난 후 읽어 주시기 바랍니다.

– 소설 속 이야기들은 모두 작가의 창작입니다. 좌포청 군관 이종원과 우포청 군관 육중창은 실존했던 인물입니다. 관련 사건들은 모두 실록과 추안급국안에 나온 실제 사건입니다. 수사과정에 대한 묘사 역시 실록과 관련 기록을 토대로 창작해냈습니다.

– 의열궁의 기와가 사라진 것도 실제 벌어졌던 사건입니다. 이 사건을 해결한 것이 바로 이종원과 육중창입니다. 지금처럼 CCTV나 자동차 블랙박스 같은 게 없던 시대라 탐문을 통해 범인을 찾아냈습니다.

– 의열궁의 기와는 정조에 의해 처형당한 내시의 동생인 안경택이 사들였습니다. 보고를 받은 정조는 한양에서 추방당한 안경택이 몰래 돌아와서 예전 동료 내시들을 만났다는 사실을 보고받고는 이들 역시 궁궐에서 추방했으며, 안경택을 제대로 관리하지 않은 과천 현감 역시 파직했습니다.

– 정조가 경희궁의 존현각에서 암살 위협에 놓였던 것도

사실입니다. 다만, 암살을 시도한 오득렬은 실존 인물이 아니며, 소설에서 묘사된 암살 모의와 과정은 작가의 상상력을 더해서 각색한 것입니다.

– 검계는 살주계, 혹은 살략계라고 불리던 실존 조직이었습니다. 칼을 숭상하며, 괴이한 옷차림으로 다녀서 사람들에게 공포감을 안겨주었습니다. 영조 때 장붕익에 의해 소탕되었다고는 하지만 이후로도 활동을 이어간 기록이 존재합니다.

– 실제 정조 암살 미수사건은 즉위 직후인 1777년 경희궁의 존현각에서 벌어졌습니다. 암살자는 전흥문과 호위청 소속 군관 강용휘였습니다. 이들은 경희궁을 침입해서 정조가 있는 존현각 지붕까지 올라갔지만 발각되고 맙니다. 두 명 다 궁궐을 빠져나가는 데 성공하고 다음 달, 정조가 옮긴 창덕궁으로 또다시 침입하려다가 체포되고 맙니다.

– 두 사람에게 암살을 사주한 사람은 영조 때 이조참의와 황해도 관찰사를 역임한 홍술해의 아들 홍상범이었습니다. 정조의 즉위를 반대했던 홍술해가 파직되고 귀양을 가자 원한을 품고 암살을 시도한 것입니다. 궁궐에 있던 강용휘의

딸과 친척이 가담했지만 그 배후가 누구인지는 밝혀지지 않았습니다.

– 정약용은 곡산부사와 형조참의로 있으면서 미제 사건들을 해결했습니다. 관련 내용들은 그의 저서 『흠흠신서』에 잘 나와 있습니다. 하지만 존현각 암살 사건을 조사하지는 않았습니다. 그가 관리에 등용되기 이전에 벌어진 일이기 때문입니다.

– 모화관 근처에서 여성의 시신이 발견된 사건은 성종 때 벌어진 사건을 모티브로 한 것입니다. 수사 과정 역시 당시 사건을 조사하면서 벌어진 일들을 토대로 했습니다. 당시 사건의 범인으로 지목된 인물은 종친인 창원군 이성입니다.

– 이종원과 육중창이 사용한 은어와 수신호는 실제로 포도청 군관과 포졸들이 사용한 것입니다.

– 쇠털로 만든 짚신은 발자국 소리가 나지 않기 때문에 도둑이나 그들을 쫓는 포졸들이 많이 사용했다고 합니다.

작가의 말

아주 우연히 추안급국안의 번역본을 읽게 된 적이 있었습니다. 조선시대 의금부 심문기록인데 실록이나 승정원일기에서는 볼 수 없는 생생한 모습들이 나와 있습니다. 특히, 정유역변이라고 불리는 1777년의 정조 암살미수사건의 추안급국안은 시간 가는 줄 모르고 보았습니다.

제가 느낀 건 겉으로 드러난 배후인 홍상범의 배후에 누군가 있다는 걸 밝혀내려고 했다는 겁니다. 암살자 중 한 명인 강용휘는 호위청 소속의 군관이었고, 그의 딸은 궁궐의 나인으로 있었고, 조카는 별감으로 있었기 때문입니다. 하지만 배후를 밝히는 건 실패로 돌아갔고, 관련자들은 차례대로 물고, 그러니까 심문을 받다가 숨을 거두게 되었습니다.

이 기록들은 저의 상상력을 자극했습니다. 조선왕조 내내 수많은 역모가 시도되었고, 두 차례 반정이 성공하기도 했습니다. 하지만 반정 세력조차 폐위한 임금을 처형하지는 않았습니다. 독살 시도는 있었지만 직접적인 암살은 처음이자 마지막이었습니다. 대체, 누가 정조를 그렇게 미워했을까요? 추안급국안은 물론, 제 책에서 배후의 범인은 밝혀지지 않습니다. 하지만 당시의 사건들을 토대로 최대한 재미나게 이야기를 꾸며봤습니다.

이야기를 끌고 가는 육중창과 이종원은 실존 인물로 포도청 군관이었습니다. 오늘날로 치면 사복형사인 셈인데 의열궁의 기와 도난 사건을 맡아서 해결했습니다. 두 사람의 활약이 아니었다면 좌·우 포도대장들은 파직은 물론이고 처벌을 면치 못했을 겁니다. 거기에 정조 암살 미수사건을 비롯한 성종 때 벌어진 여성 살인사건을 토대로 이야기를 꾸몄습니다. 작가의 머리에서 나온 가상의 이야기들이지만 모두 실제 사건을 토대로 했습니다. 이야기 속에 나오는 옷과 장신구, 생활풍습, 한양과 주변의 모습, 역사를 오랜 기간 연구와 조사를 토대로 최대한 역사적 사실에 가깝도록 꾸몄습니다.

작가는 어떤 방식으로든 재미난 이야기를 독자들에게 보여줘야 한다고 생각합니다. 이것이 저의 방식으로 역사를 이야기로 만드는 것입니다. 부디, 재미있게 즐기시기를 바랍니다.

조선의 형사들

1판 1쇄 발행 2021년 9월 10일
1판 4쇄 발행 2024년 1월 2일

지은이 · 정명섭
발행인 · 주연지

편집인 · 석창진 **편집** · 박영심
디자인 · 김지영 **일러스트** · 백진연 이찬영
마케팅 · 이혜진

펴낸곳 · 몽실북스 **출판등록** · 2015년 5월 20일(제2015 - 000025호)
주소 · 서울 관악구 난향7길52
전화 · 02-592-8969 **팩스** · 02-6008-8970
이메일 · mongsilbooks@naver.com
네이버 포스트 · post.naver.com/mongsilbooks_kr
인스타그램 · instagram.com/mongsilbooks

ISBN 979-11-89178-46-8 (03810)